끝없는 폭설 위에 몇 개의 이가 또 빠지다
정화진 시집

문학동네시인선 178 정화진

끝없는 폭설 위에 몇 개의 이가 또 빠지다

시인의 말

  십수 년 저쪽의 무너지는 협곡과 일상의, 미래의, 피 묻은 붉은 협곡 사이를 잇는 다리를 놓으려고 늦은 새벽 등불을 켜곤 했다.

  거미줄로 엮은 일야교(一夜橋), 아침이면 무너지고 없는 다리 아래로
  그 잿빛 강물 위로 사랑하는 사람들이 하나둘 떠나갔다.

  오랫동안 숱한 사랑의 꽃다발을, 몸짓을, 문장을 보내주는 그대들께 눈짓 한번 제대로 주지 않았던 이 무정함.

  다시 지어 입을 환희의 문장들, 채색 기둥 위에 빛나는 햇살과 고대 철학을 함께 공부하던 질풍노도의 빛나던 눈동자들, 그 눈부심이 없었다면 어두운 시의 자리로 돌아오기조차 어려웠으리라.

  순정하고 아름다운, 그 소녀 소년들, 청년들께, 그대들께, 아침마다 다시 피어날 이슬 묻은 나팔꽃 다발을, 이 시집을, 드린다.

2022년 8월
정화진

차례

시인의 말   005

1부 베란다 창에 거꾸로 매달려 안녕, 인사
하던

너는 길이 어두워 꽃을 보지 못했구나   012
간이의자   013
거기, 계시는 거죠?   014
그대, 울지 말아요   016
은화식물들   018
온몸에 바늘을 꽂고 사막 그늘로 묵묵히 걸   020
어간 사람들
벚나무 아래   022
백공천창   024
부서진 노래 언덕   026
섬세한 입들에서 폭언이 장마처럼 우거질 때   027
바람의 옷   030
불법체류자들—말의 낯선 풍경들   032
북풍과 함께   034
삼월의 나뭇가지   036

2부 어떻게 이 아이를 데려가야 할까요?

달이 뜬다   040
눈사람   046
무릎 위의 고양이   048
양상추만 바삭바삭   050
두번째 눈꺼풀   052
여기가 어디인지 모르겠어   054
숲을 불러와주세요   056
고양이와 폴란드 여행   058
여행자들 가방   060
너에게 강을 빌려주었더니   062
도꼬마리 꽃 예쁘네, 나를 부르시지만 않았   066
다면
어둠 속 장미   068
쇼윈도   070
깃털 아래—아이 탄생하다   071

3부 그가 준 육포 조각으로 무엇을 할 수 있
을 것인가

그때 문득 바람이 불기 시작해서   076
주유소 불빛   077
해변의 묘지   078
섬세한 지층   080
잠든 말이 잠든 마음을 흔든다   081
꽃피리떼   082
비나이다 비나이다―거리의 아이들에게   084
물속 관에 가서 눕다   086
그해 팔월 그리고 칠석   088
물의 말   089
꽃 피는 아이   090
새장 속의 육포 조각   091
회색 뱀에 관한 추억   092
나비 또 나비   094

4부 벌통으로 쓰일 책이었단 말이지

정밀의 책   098

육포에 대하여   100

색채가 끝나는 시간, 모든 육체의 자리들이   102
상승한다 그리고

마음은 복사꽃밭 같아서   103

햇살이 참 따뜻하고 좋다고 중얼거리다가   104

고요 정원   106

바다는 쇠물닭을 몰고 온다   107

바리데기   108

가뭄   109

길   110

단풍잎은 촛불처럼   113

불안의 서식지   114

또 길을 잃다—이연주 생각   116

상상 극장 인부였던 목탄의 시   117

견고한 숲   118

우수   120

[겨울 정원]   121

해설│주체 없는 생성으로서의 시학   123
　　│노태맹(시인)

1부

베란다 창에 거꾸로 매달려 안녕, 인사하던

너는 길이 어두워 꽃을 보지 못했구나

넌 왜 기웃대니?
멍든 눈자위를 하고
붉은 입술을 달고 가면을 쓴 채
왜 울고 있니? 미래야
길이 어두워 꽃을 보지 못했구나
해변은 가을 낙엽, 부서진 가옥들로 창백하구나
그이는 그 길 위에 주저앉아
섬만 보고 있네 바다는 본래 고체였잖아
넌 왜 이쪽을 아직 기웃대고 있는 거지?
해진 옷, 기울어진 길, 무너지는 집들이
새삼스러워 보이니?
우린 망가질 대로 망가져서
숲을 잃고 새떼를 먼저 망명지로 보냈잖니
독재자들만 노예를 기르고 있구나
태양이 뜬다, 사케르
산정의 제단에 오늘은 바람이 누워 있다
너는 부엌을 벗어나 맨발로
어디로 가고 있니?
시간의 해일 속으로 우리는 정처 없단다
가야 할 길이지만
해변은 짙은 가을이다

간이의자

> 알 수 있었다. 알게 되었다. 100만 년 동안 홀로
> 기다리는 마음을. 결코 돌아오지 않을 누군가가 돌아오기를
> 기다리는 마음을. 바다 아래에서 보낸 100만 년 동안의 고독,
> 그곳에서 보내는 돌아버릴 것 같은 시간
> ─레이 브래드버리, 「안개 고동」*에서

햇살이, 비둘기가, 지나쳐간 자리, 그 옆에 낡은 간이의자
간이의자 아래, 초겨울 이끼들이 오소소 돋아서 지난 시
간을 기다리고 그리워하고

간이의자, 소도시 차량들이 무심코 지나친 자리
그대와 잠깐 머물다 간 자리

생이 가벼워지나봐요, 떠날 때가 되었나봐
저 간이의자 빈자리 아래, 초겨울 이끼가 오소소, 파르라
니 햇살을 안고 타오르네

* 레이 브래드버리, 『레이 브래드버리』, 조호근 옮김, 현대문학,
2015, 15쪽.

─ 거기, 계시는 거죠?

─ 골목길을 돌아 돌아서 한번 더 돌아서 거기, 계시는 거죠?
거리는 비어 있고 조금씩 흙비는 내리지만
가늘게 부는 바람 작은 틈 사이에 보여요.
책장은 흔들리고,
사람들은 보이지 않지만

골목길을 돌아 돌아서 출렁 한번 더 돌아서
눈물방울 떨구고 걸어서라도 그곳까지 가야겠어요.
도시는 비어 있지만
가늘게 흔들리는 빛이 보여요.
새들은 나무 아래 쪼그려앉아 하얗게 울고 있지만

골목길을 돌아 그 옆길로 한번 더 돌아서 거기,
그곳에 계시는 거죠?
바람 가늘게 떨고 있네요. 등불은 켜져 있고요.
길고 둥근 길 저쪽에 계시는 거죠?
아래쪽 위쪽 건너편 저쪽, 물방울, 핏방울, 눈물방울,
흔들, 울렁
조금씩 다른 차원, 약간의 메스꺼움이 느껴지지지만

울렁, 흔들, 돌아 돌아서 한번 더 가늘게,
커튼이, 치맛자락이,
책장이, 새들이, 저기 저 긴 팔들이, 손가락이,

─

햇살이, 움직여요. 흔들리네요, 조금씩 다른 세계 ⎯
조금씩 다른 차원, 눈물방울들
　거기, 그곳에 떠난 그이들 계시나요?

그대, 울지 말아요

들판과 풀밭과 산맥을
건너왔나요?
그대는 발을 잃었나요?
울지 말아요.
그대에게 강의 노래를 들려드릴게요.
들꽃 한 다발은 어떠세요?
바람의 말을 들어보실래요?
풋풋한 신발을 만들어드릴게요.
들꽃 한 다발의 향기를
한 사발 구름 덩이를 마셔보실래요?
슬픔은 당나귀를 따라
강을 건너갔다 오곤 하겠죠.
그대, 울지 말아요.
느티나무에도 꽃이 피던걸요.
그대 허리께엔 라일락도
피어나네요.
고원의 풀밭에 누워 하늘을 봐요.
분홍 소금밭이나 터키 호수를
함께 걸어보는 건 어떨까요?
울지 말아요, 그대
비 오는 날 삽상한 바람 한 사발은
늙은 당나귀마저 싱긋 웃게 하겠지요.
우리 함께, 당나귀도 함께

풋풋한 풀잎 신발이라도
만들어보죠, 뭐
그대, 울지 말아요.

꽃다지 꽃다지 패랭이 패랭이
질경이 마타리
고원의 들꽃 한 다발
뭉클, 구름 위를 함께 걸어볼까요?

은화식물들

　바위 위에 낮게 엎드려 중력으로부터 출발하는 거지. 넌, 회색 옷은 맞춰 입었니? 검은 단추 여섯, 어두운 거리를 가로질러 은하 철도 가까이 나아가는 거지. 거미줄 이슬이 오래 걸어 불탄 얼굴들을 식혀주는 새벽, 창을 뚫고 달빛은 줄무늬 레일을 만들고 있어. 그늘이 그늘을 삼키고 유령이 출몰하는 시간, 낮게 은화식물들

　화장실 앞에 그 아저씨가 또 서 있어, 엄마. 보이지 않는 투명 사내, 왜 떠나지 않는 거죠? 아이들을 이렇게나 두렵게 하나요?

　식물의 세계…… 영혼이 부옇게 이슬로 묻어 있는 길, 새벽길을 걸어온 그대들, 길을 잃었나요? 어디를 가려 하나요? 수맥을 따라 잠깐 찾아온 그녀, 머리를 빗겨주고, 머플러를 둘러주고 창밖까지 배웅했었어. 그리고 다시 돌아오지 않았지. 시장의 좌판에서 만난 적이 있는 그녀, 낮게 앉아 있던 은화식물들, 달빛 기차 떠나네요. 그네들을 안아주고 안아주며 서러움들을 싣고, 안녕.

　그늘을 많이 삼켰나봐요. 푸르스름 얼굴, 희끗 달빛, 고양이들 풀쩍 뛰어올라 벽을 긁어대고. 습도가 너무 높군요. 오늘은 만월이야! 정원의 나무들 잎을 뒤집으며 며칠 뒤에 올 폭우를 기다리고. 은화식물들 오밀조밀 낮게 낮게 돋아나

고. 희끄무레 새벽, 유령들이 출몰하는 시간, 우리 모두 바
위 위에 낮게 엎드려보는 거지. 휴우우, 중력으로부터 한 발
사뿐 내딛고 출발하는 거지.

　오, 그대들 어디를 가려 하나요?

온몸에 바늘을 꽂고 사막 그늘로 묵묵히 걸어간 사람들

그늘 사막 저쪽입니다.
곡식 창고 흔적이 남아 있었지요.
그 옆쪽으로 큰 우물 하나 있어요.
빈 우물입니다.
우물이 금빛을 뿜어올립니다.
바늘이 가득 꽂혀 있더군요.
바늘을 얻기 위해
마을 외곽에 줄 서 기다리는 사람들도 없는 우물
옷을 지어 입을 일이 없어서인가요?
바늘을 누가 우물에 저렇게
가득 꽂아두었을까요.
실을 잣던 노인들은 모두 긴 밤을 지나
검은 강을 건너갔습니다.
그 마을은 사막 그늘 저쪽이구요.
이제 밤이 다시 찾아오지 않네요.
물고기들 우는 소리만
그늘을 뚫고 소금으로 솟구치고 있어요.
뒤바뀐 계절과 오지 않는 손님을
기다리는 이도 없는 나라에
슬픔이라는 말은 사어가 되었습니다.
사막이 더 확장되었나봅니다.
비어 있는 마을이 있습니다.
바늘 가득 꽂힌 우물이 있는 마을이

빛을 토해내고
온몸에 바늘을 꽂고 사막으로
묵묵히 걸어간 사람들을 그대는 보았나요?

벚나무 아래

눈먼 물고기가 동굴 깊이 떠다니는 꿈을 꿀 때
파랑이 높이 이는 강물과 아득한 벼랑과 마주할 때다 그
러나
지금은 타자의 시간, 떠오르는 시체 앞, 강이 추상성을 잃
을 때다

어디까지 왔는가 그대여, 벚꽃 핀다고 아이가 전하고
창밖은 목련, 폭발하고 있다
동백과 목련 사이, 꽃 핀 자리, 생은 무겁거나 검거나 아
프다

노을이 지는 사막 저쪽, 동유럽 저지대* 사람들이 꽃 핀
사월을 견디지 못해
송아지 다리를 도끼로 쳐내린다
벚나무 아래 도축 허가증을 내밀고 수의사가 급히 다녀
간다

인간 세상은 고기 굽는 내음으로 저녁을 장식하고 꽃을 다
게워놓은 벚나무 가지들
그대여, 우리는 어디까지 왔는가? 정원에 날카로운 새떼
의 비명

목련과 동백이 함께 핀다 봄날 벚나무 아래

버쩌, 열매들 떨어진다 쓰디쓰다 계절을 찢어놓으며 까마
귀떼 도시로 도시로 날아든다
새들의 정원, 벚나무 아래 비명을 뒤로하고
우리는 어디까지 갈 것인가? 그대여

* 헤르타 뮐러의 단편소설 제목.

백공천창

해상의 하늘이 흙비로 인하여 날마다 흐렸다.
—최부, 『표해록』*

때는 모년 8월 계미일
짚신을 삼던 유군업 노인이 질병으로 강화 하도
윤여화의 빈집에서 마지막 숨을 거두었다.
—이건창, '유씨 늙은이의 묘지명'**

자기만의 고유한 슬픔을 지시할 수 있는 기호는 없다.
—롤랑 바르트, 『애도 일기』***

기호는 없다.
기호는 없다.
허균의 「통곡헌기」를 읽다.
시대고(苦)를 짊어지고 갈 생각은 없었다. 시집을 덮고
2년 동안 한 일은 SNS 댓글을, 욕설을 쉼없이
읽어보는 일이었다.
눈에는 짙은 핏줄이 돋고
크고 작은 고양이들이 달려들어 손등을 할퀴었다.
동영상은 불안했다.
목을 잘라 탑처럼 쌓는 종족들이 수시로 출몰했다.

분홍 발광 다이오드

분홍 발광 다이오드

꿈은 번쩍이며 쏜살같이 검붉은 무엇을 지나갔다.
백의 상처, 천의 구멍을
지나가고 있었다.
대륙의 하늘이 미세먼지로 인하여 날마다 흐리다.
이웃인 윤여화의 앞마당이 보이지 않았다.

* 최부,『표해록』, 서인범 · 주성지 옮김, 한길사, 2004, 89쪽.
** 이건창,『조선의 마지막 문장』, 송희준 엮어 옮김, 글항아리,
2008, 280쪽.
*** 롤랑 바르트,『애도 일기』, 김진영 옮김, 이순, 2014, 165쪽.

부서진 노래 언덕

다시는이곳으로돌아오지마라
검정숯물고기들아
지층아래검은뻘밭복숭아나무밭아래청새치고고등어고정
어리들아
고래들드러누운모래언덕인도양어디쯤도
썩은노래의잔해들위로조기떼열기떼붉은살들지중해뜨거
움들아
수천생애건너온무녀들도노래의혀를잃고컥컥컥
목쉰물결소리벼랑저아래언덕또언덕지층들사이로
끝나지않는슬프디슬픈노래위로물결벼랑들아
끝없는부서짐들헤어짐들아
다시는이곳으로돌아오지말아다오

섬세한 입들에서 폭언이 장마처럼 우거질 때

섬세한 입들에서 폭언이 장마처럼 우거질 때*, 날개 위에 노래를 얹어두고 우리는 슬픔의 그늘 아래 앉는다. 시곗줄이 끊어진다. 올리브숲으로 가는 길은 구불구불 사행이다. 모래 폭풍 속 사막의 뱀들이 숲으로 숨어드는 밤이다. 온통 바람이다. 그 1은 올리브나무 아래서 총살당한다. 드리나 강의 다리** 저쪽 로티카 호텔도 불탄다. 섬세한 로티카 실성한 채 거리를 떠돌아다닌다. 폭탄 맞은 호텔, 허잡 쓴 그녀 2도 몰래 다리 건너 그 1을 만나러 간다. 백색의 다리 위로 군인들이 진군한다. 터키 동남쪽 밀레투스 항구 낡은 절벽 위에 잡초와 석양과 오래된 생각들이 혼음중이다. 불타는 도시, 잿더미 위에 앉아 있는 검은 눈망울의 아이들, 검어서 슬픈 시간이 걸어온다. 시곗줄은 끊어졌다. 견뎌야 한다고 말하지 말자. 그녀 3이 노래하며 아이를 낳는다. 감옥은 햇빛 속이다. 유화가 알을 낳듯, 그녀 4의 입은 몇 번이나 찢어진다. 시간은 멈추지 않는다. 그녀 5는 찢겨진 채 노래한다. 아버지 없는 사내아이들이 거리에 버려지고 떠돌아다닌다. 전쟁이다. 녹슨 도시 뒷골목에서 죽어나가는 아이들과 저격수가 된 아이들이 있다. 그리고 고문 기술자도 있다. 그녀 6은 말하지 않는다. 노래한다. 그녀 7의 노래가 시간의 청동 날개 위에 솜털처럼 얹힌다.

섬세한 입들에서 폭언이 장마처럼 우거질 때, 날개 위에 노래를 얹어두고 우리는 슬픔의 그늘 아래 쭈그려앉는다. 시

— 곗줄이 끊어진다. 포탄이 떨어진다. 먼지바람 속, 시궁창에 버려지는 아이들, 오호라, 저 저런 어쩌지, 포탄이 떨어진다. 오호호호, 오호호호 호호, 쇠물닭 웃음소리 들린다. 고문 기술자도 웃는다. 로티카, 그녀 1, 2, 3, 4, 5가 울부짖으며 드리나 강의 다리를 지나간다. 집과 아내를 저당잡힌 도박꾼 그 2, 3, 4가 다리 난간 아래로 떨어져내린다. 올리브 숲으로 가는 길은 구불구불 사행이다. 모래 폭풍 속 사막의 뱀들이 숲으로 숨어든다. 그 4, 5는 올리브나무숲 저쪽 폭탄 조끼 속으로 사라진다. 군인들이 진군해 들어온다. 다리의 포석들 균열, 균열된다. 다리 난간에 그 6, 7, 8, 9, 10, 11의 두개골이 홍등처럼 내걸리고, 전쟁이다. 흉몽이다. 포탄은 계속 떨어져내린다. 오호호호, 오호호호 호호, 쇠물닭 웃는다. 도시는 불타고, 잔혹 2, 3, 4, 5, 6, 7, 8의 이름 위에 나팔꽃 핀다. 그녀 7의 붉은 발뒤꿈치 보인다. 아이들아 우리는 슬퍼할 힘마저 잃었다. 그런데 저 나팔꽃은 계속 피는구나. 쇠물닭이 웃는다. 섬세한 입들에서 폭언은 장마처럼 우거지고, 노래의 날개 위에 그녀의 감옥은 그래도 아직 사랑의 따스한 햇볕 속이다.

—

* 한유주, 「되살아나다」, 『얼음의 책』, 문학과지성사, 2009, 227쪽.
** 노벨문학상 수상 작가이자 발칸반도 보스니아 태생인 이보 안드
리치의 장편소설 제목.

바람의 옷

수직의 벽이다. 뛰어내린다. 또 뛰어내린다. 선명한 꿈이다. 검은 옷이다. 벼랑이다.

오늘은 고기잡이를 떠나는 검은 눈이다. 바람아, 너는 벼랑을 위무하는 노래 부르는 사제인 줄 알았더니 바다에, 바다에, 떨어지는 감각만 남아 있는 무채색 몸짓이구나.

떠나고 싶다. 이곳은 너무나 다른 세상, 아프기만 하구나. 내일은 바람의 옷을 사러 바다 시장에나 들러야겠지. 물고기들아 벼랑에서 너희를 멀리멀리 날게 흩뿌려주마.

움직이지 않는 집이 있는 벼랑 위, 청색 노래를 부르는 물고기들아, 벼랑으로 달려오는 파도엔 몸을 맡기지 마라. 바람은 늘 죽은 형제들만 네게 보여주었잖니? 푸른 바다라고 내미는 바람의 손, 수직의 난간 위에서 끝없이 떨어지는 너희를 다시 안아줄 수나 있겠니? 언덕에서 미끄러지는 꿈만 꾸는 빼곡한 날들 앞에서 다만 아득하다.

이곳은 언제나 물고기들 피로 그득한 땅, 수직의 바다다.

벼랑 위의 집, 벼랑 아래 집.

그대여, 떠나고 싶다. 이곳의 일상은 낯설고 아프고 걷기조차 어렵다. 그만 우리 모두 발을 버리기로 하자. 수직 벽 아래로 뛰어내리자. 구르자. 오, 자유, 또 뛰어내리자. 오, 자유, 자유로움들아, 그대여, 우리 날마다 뛰어내리며 구르는 연습을 하자. 내일은 바람의 옷을 사러 바다 시장에 가지도 말자. 모두 발을 버리고 뛰어내리자.

　오, 자유, 자유, 자유로움들아, 바람의 옷인 물고기들아,
함께 뛰어내리며 날자. 높이 날아오르자.

불법체류자들
─말의 낯선 풍경들

귀와 말과 입술은 철제 상자 속에 넣어두게. 옷은 헐벗지 않게 두어 벌 주마. 할말은 꼬깃꼬깃 접어서 금고에 넣어두는 게 좋겠어. 허브 향이 나는 지폐와 곶감 분이 하얗게 일어나는 동전은 그대 2세들의 몫이라네.

뱀과 부엉이의 시간이 도래할 거야. 교활한 혀와 밤을 지켜내야 하는 부엉이의 귀 중에 어느 것이 더 청동의 무게를 지녔는지는 십수 년 곰삭은 시간이 저울질하리.

횡단보도는 그대의 길이 아니네. 무너지는 교각 아래 흩어지는 서류들 속에 몸을 던져넣는 소방관도 불꽃 같은 삶을 장식할 옷을 가진 자들이지. 그대의 남루와 오염되지 않은 말은 경계를 넘어올 수 없다네. 더러움 속에 꿈틀대는 흰 구더기떼지. 생명 있는 것의 역겨움 위에 피는 푸른곰팡이, 어디까지 갈 거지? 불법체류자여.

그대 손 위에 도시의 머리칼이 쑥대머리로 자라오르고, 파뿌리처럼 돋아나던 공장들은 부식되어 횡단보도 아래 무너지고 있다네. 그대 법을 망실한 자여, 공권력의 검은 장갑을 껴볼 수 없는 불행한 자들이여. 고공의 망루에 저격수들이 긴 총구를 들고 바다 쪽으로 시선을 스포트라이트처럼 쏟아내고 있네. 아득하다, 불법의 말들이여, 물대포 아래 체류자들이여.

그대는 하얗게 마른 말의 혀들을 곧 음식물 쓰레기통에
가루로 만들어 뿌리고 말 테지. 가부키 인형처럼 빨간 입술
을 달고 도대체 지금까지 무슨 말을 한 게지? 불법의 체류
자들이여, 부랑하는 말들이여, 전달되지 않은 편지, 결국 훼
손된 자들이여, 영원히 추방과 추락의 이름으로 서 있을 이
방인들이여.

　　노래의 혀가 뽑힌 자들이여, 번쩍이는 눈만 남아 밤을 지
새우는 그대 울음의 이름들이여.

북풍과 함께

　몹시 바람 부는 그날, 어떤 날 그녀는 우울의 이름으로 찾
아왔다 거꾸로 창틀에 매달린 채 길고 짧은 머리 여자아이
로 왔다 창들은 울부짖고 바람 부는 어떤 날

　깊숙한 얼음의 못 아래에도 바람 소리가 들렸다 우울이 깨
어났을 때 병실은 마취제 냄새로 가득했다 뒷좌석에 버려진
듯 쓰러져 있던 우울이 본 하늘은 창밖의 가로수와 우듬지
를 할퀴는 북풍이었다 회색의 머리칼을 날리며 바람 소리를
들어봐, 바람 소릴 들려줄게

　그녀는 마을을, 골목길을 소용돌이치며 다가왔다 뒤뜰의
포도나무밭은 체온을 잃고 식어가고 있었다 북풍과 함께 그
녀는 창백한 얼굴로 나를 찾아왔다 그녀가 왔다 나의 바람
소리를 들어봐, 창문에 거꾸로 매달린 검은 비닐봉지처럼

　그녀가 내 서늘한 창을 두드릴 때 나는 길고 검은 강을 건
너가고 있었다 적막과 혼미를 섞어가며 의식이 지워지고 있
었다 마취제 냄새가 흐릿해지고 있었다 투명한 유리병에 회
색 얼음을 채우듯 몹시 춥고 바람 부는 날, 어떤 날, 그녀는
북풍과 함께 나를 찾아왔다

　우울이 그녀인지 그녀가 나인지 내가 우울인지 알 수 없
었다 때아닌 폭설이 도시를 짓누르는 시간, 병실을 나온 그

너는 길을 잃고 북풍에 몸을 실은 채 이 마을 저 바다, 그 골
목길에서 바람 소리로 서 있었다

　서늘한 창, 거꾸로 매달린 그녀가 그렇게 찾아왔었다 북
풍이 몹시 부는 춥고 흐린 날, 어떤 날, 창을 두드리며 그렇
게 가까이 왔었다 접착제처럼 들러붙어서 넌 누구였지? 그
녀, 그녀들 왜 왔었지? 무슨 연유였을까?

　북풍과 우울의 이름으로 너는 나를 찾아왔었는데…… 내
가 몹시 앓고 있을 때, 춥고 흐리고 바람 부는 어떤 날

삼월의 나뭇가지

버리고 버리고 버리고 싶었다.
식기류도 옷가지도 책들도
남편도 아이도
그때 아파트 난간이 그리웠다.
문득 생이 어두운 벼랑을 원할 때
그 아래 삼월의 공원
나뭇가지들이 앙상하다.
바람으로 거리에 서 있었던 북풍의 오후
베란다 창에
거꾸로 매달려 안녕, 인사하던
그녀, 그녀들* 생각이 났다.
먼 별을 지나 우주를 가로질러
몇 세기를 지나
짧은 머리 그녀가 잠시 왔었던 게다.
팔을 뻗어 길게 토닥토닥
그녀의 어깨를 두드려줘야 했었다.
"그동안 많이 힘들었구나."
토닥, 토닥, 북풍의 삼월
손가락이 길게 자라는
꿈을 꾸었다. 삼월의 마른 나뭇가지
저 안쪽

* 세계의 크기보다 더 아픈, 소리 없는 비명 속에, 생을 일찍 마친, 마치고 있는, 마치고 말, 오래된 그녀들, 오늘의 그녀들, 미래의 그녀들 생각을 했다.

2부

어떻게 이 아이를 데려가야 할까요?

달이 뜬다

시의 2장 셋째 연부터는 영화 〈프로메테우스〉(2012) 대화
자막을 서술어 중심으로 재배치, 나열하다

1
아흔아홉 명의 아이가 태어난다 아흔아홉 명의 아이가 태
어난다
일흔일곱 명의 아이가 태어난다 일흔일곱 명의 아이가 태
어난다
아니다 99명의 아이가 태어난다 아니다 77명의 아이가 태
어난다
아이들이 계속 줄지어 태어난다
아아아아아아아아아 까마귀떼 난다

엄마가 보고 싶어요~~~ 넌 내일 죽을 거야
엄마가 보고 싶어요~~~ 넌 내일 죽고 말 거야
엄마가 보고 싶어요~~~ 넌 내일 꼭 죽게 될 거야
엄마가 보고 싶다니까요~~~ 넌 내일 죽고 말 텐데
엄마가 보고 싶어 너무해요~~~ 난 널 꼭 내일 죽을, 죽
일, 죽게 될, 거야
부족하다 부족하다 너무 부족하다 산소 부족하다
태풍이 분다 태풍이 분다 태풍아 불어라 태풍이 온다
엄마가 온다 아아아아아아아 엄마 보러 가고 싶다 아아

아아아아아
　우리는 모두 내일 아아아아아아 죽게 될 99명의 아이
　아이들이 폭포 아래로 떨어져내린다
　아흔아홉 개의 태양이 뜬다 아흔아홉 개의 바다가 엿보
고 있다
　일흔일곱 개의 태양이 뜬다 아흔아홉 개의 바다가 엿보
고 있다
　아흔아홉 개의 태양과 일흔일곱 개의 바다가 뒤섞인다

　2
　태양과 바다와 아흔 개의 강의 촉수와 일흔 개의 바다 폭
풍과 태양의 고함이
　터지고 뒤섞이는 여기는 검디검은 행성, 어머니의 우레
밭이다
　'아' 음만 남아 있는
　아아아 아~~~ 지금
　아흔아홉 개의 달이 뜨고 있다
　너무도 환해서 어머니, 앞이 눈앞이 전혀 아무것도 아무
것도 보이지 않아요
　아무도 아무것도 아무도 아무것도 아아아아아아아아아

　형상화, 형용할 수 없는, 형태의 형용사들, 형이상, 형이
하도 형편없는

형해만 남아 있는 형형색색의 형체들이 형장으로 걸어들어가는 움직씨들

아름답다는 건 어떻게 알아요?

창조하다 파괴하다 되풀이하다 닮게 하다 떨어트리다 뽑아내다 거부하다 인정하다 발전하다

변화하다 변이되다 꾸미다 아름답다 완벽하다 모순이다 여행하다 검붉다 이름을 부르다 모방하다 도와주다 변하다 가능하다 위대하다 위장하다

태양 추정하다

오래되다 믿을 수 없다 배열하다 앞서다 찾아내다 원하다 탐사하다 죽다 도와주다

원치 않다 다르다 믿다 가다 부르다 종료하다 공을 치다 송신하다 없다 순수하다 따라 하다

완벽하다 고맙다 자주하다 엉터리다 아프다 궁금하다 쓰다 주의하다 근접하다

갖다주다 지나다 무사하다 깨우다 진정하다 정지되다 상태이다 오다 정상이다

섭취하다 늘리다 시작되다 먹다 있다 반갑다 자다 알다 말하다 고용하다 맡다 시작하다

건설하다 안녕하다 녹화하다 명복을 빌다 앉아 있다 불행하다 놀랍다

질문하다 생각하다 일어나다 쫓겨나다 돌아가다 나오다

발호하다 가리키다

동일하다 유일하다 근접하다 지속하다 도착하다 발견하
다 때문이다 뒷받침하다 무시하다
모르다 시작하다 근사하다 갖추다 진술하다 필요하다 혼
동하다 주의하다
열리다 없다 확실하다 맞다 내려가보다 멋지다 대비하다
작동하다 있다 돌아보다 삼다
올라오다 아무도 없다 비슷하다 통과하다

바다 부드럽다
유지하다 썩먹다 개시하다 쉽다 중지하다 남다 반갑다 주
의하다 열리다 지키다
필요 없다 내딛다 준비되다 비어 있다 보고 있다 만들어
보다 찾아내다 알다 미치다
계속하다 내기 걸다 춤추다 얻다 아니다 모르다 확실하다
인상적이다 따라가다 서두르다 좋아하다 사랑하다 돌아
가다 축하하다 놀랍다
변하다 다가오다 보고 있다 그림이다 죄송하다 들리다 빌
다 닫다 유기체다
변하다 구워버리다 필요하다 떠나야 되다 무덤이다 조심
하다 들다 가다 반복하다
무겁다 절개하다 미숙하다 물론이다 악화되다 채취하다

살펴보다 비밀이다 노력하다

비교하다 겹쳐보다 낭비하다 깜빡하다 만들다 실망하다
다행이다 얻다 멋지긴 하다

건배하다 열려 있다 움직이다 사라지다 고장이다 발생하
다 버리다

달 부러지다

예쁘다 깜찍하다 조이다 꼬이다 잘라내다 들어오다 포착
하다 사라지다 조심하다 내려가다

끊다 괜찮다 응답하다 병들다 귀환시키다 미안하다 빨리
가다 들리다 아프다 명령이다

도와주다 물러서다 부탁이다 부적절하다 책무이다 남겨
두다 사랑하다

떼어내다 노출되다 물론이다 가깝다 임신하다 불가능하
다 맺다 꺼내다 고통스럽다

가지다 옮겨드리다 동면시키다 버림받다 잃어버리다 귀
환하다

취하다 진술하다 조정하다 개시하다 승선하다 깨끗하다

돌려세워주다 구해주다 일으키다 틀렸다 죽었다 떠나야
한다 다가서다 신념을 잃다

들어오다 살아 있다 놀랍다 돌아가시다 부정적이다 남다
불가피하다 이치이다

끝나다 본능입니다 자유로워지다 확실하다 올리다 분리

하다 띄워보다 확대하다 대화하다

  그만하다 잘못하다 여행중이다 이륙하다 출발시키다 추
진하다 사출하다 미치다
  대피하다 남다 미안하다 들립니까? 두렵다
  파괴되다 중요하다 대답하다 사망하다 시도하다 찾고 있다

눈사람

전시장에 둘 네 바지는
잘라두었지
축축해서 물그릇에 아예 담아놓았지
칫솔을 들고
나는 잠이 들었네
눈사람 꿈을 꾸네

당신은 비누 거품을 한 수레나 싣고 어딜 그리 바삐 가시
나요?
어머닌 왜 여기 계세요?
그냥, 여기 있고 싶구나
나를 떠먹어보렴

스르르 무너지는 눈사람, 쇼윈도 앞에
솜사탕
왜 여기 계세요?
그냥, 구름과 새가 보이는
이 유리창이 좋구나

쇼윈도 안에 침대가 있고, 쇼윈도 밖에도 침대가 있다
애야, 투명함을 위해 10년 동안
침대를 사랑했더니
이제야 발이 없어지는구나

나는 칫솔을 들고 잠이 들었네
계속 눈사람 꿈을 꾸네

무릎 위의 고양이

쿠사마 야요이의 호박 그림을 만난 소설가 윤후명의 여행기를 읽던 나는 그의 문장과 호흡이 내가 늘 사용하던 문장 위에 겹쳐진다는 사실에 문득 놀란다 영화 속, 그녀와 아버지의 묵은 갈등도 기시감에서 벗어나지 않는다 나오시마에서 건축가 안도와 화가 이우환이 함께 거리를 다정하게 산책하고 있다 코끼리밥솥을 사느니 한 점, 한 뼘의 그림을 사두라고 하던 화랑의 한 중개인이 떠오른다

곡절 많은 시간, 어머니와 나는 진정한 대화를 한 번도 나눈 적이 없다 곡선도 동그라미도 없었다 묵직한 한 덩이의 돌무더기와 견고한 시멘트 벽뿐, 야요이가 백색의 병원에서 백지상태로 공황상태로 하루종일 서 있었는지는 알 수 없다 피부에 자주 일어나는 트러블, 그녀는 입술이 갈라진다고 내게 말한다 자주 입술을 뜯어 얇은 피부 조각으로 식탁 위에 진열해놓는다 나는 머리칼을 뽑아 책갈피에 넣어둔다

그녀는 입술을 뜯는다 나는 일에 빠져든다 그녀는 호박을 그린다 백지상태다 그녀는 입술이 자주 갈라진다고 다시 말한다 나는 머리칼을 뜯으며 책을 읽는다 그녀는 계속 호박만 그린다 나는 일에 더욱 빠져든다 그리고 머리칼을 뽑는다 그녀는 입술을 계속 뜯어놓는다 나는 머리칼을 뜯어 책 속에 숨기며 깊이 더 깊이 일에 파묻혀 들어간다 그녀는 호박을 미친듯이 계속 그린다 이제 점까지 찍어댄다 어지럽

다 야요이

늦은 시간이다 딸아이가 립스틱을 사서 돌아온다 그녀도
그림을 그린다 그녀가 입술 위에 립스틱을 바른다 색깔이
예쁘다고 웃는다 나는 머리칼로 풍성해진 책을 덮고 여섯번
째 서랍을 연다 몰래 넣어둔 새끼 고양이를 꺼낸다 만지작
거린다 안아본다 아, 부드럽고 말랑말랑 매끄럽고 따스하다

어머니는 아예 말이 없다 야요이는 호박을 지치도록 그린
다 멍하니 나는 그들을 본다 오늘에야 그들을 다시 본다 그
녀들은 계속 립스틱을 바른다 아주 예쁘다

무심히 자막이 지워진 영화를 본다 나는 계속 본다 아이
들, 방을 번갈아 드나든다 쏜살같이 그리고 냉큼, 무릎 위의
고양이를 뺏어간다

양상추만 바삭바삭

애, 넌 어제 양상추를 얼마에 샀니?
올리브기름은 엎질러졌고
소시지도 떨어졌단다.
포도주는 싱크대 위 칸에 넣어두었어.
술을 입에 대지 못한 생이라고
취한 말을 이해할 수 없다고는 말하지 마라.
신선한 재료의 식탁 위에 쌀 나방이 앉았구나.
오늘은 쉬고 싶었다. 밥하는 일도 이제 지겹구나.
**썩은 물을 마시는 대신 축사들을 폐쇄해야 한다
고 했잖니?**
오래 식재료를 구하러 풀밭으로만 가고 싶었다.
너는 언제 양상추를 사올 줄 알기나 했었니?
항생제 육류도 이제 먹을 게 못 된다며?
그럼, 고슴도치처럼 마른 밀웜을 바삭거리며 먹어볼 수
밖에
자, 이제 에픽테토스의 『왕보다 더 자유로운 삶』을 읽어
보는 건 어떨까.
미친 세월을 건너는 방법이잖니.
그래, 단백질 공급을 포기하고 양상추를 산다면
머지않아 우리 존재는 녹색 식물로 팔다리가 길어지겠지.
정원 없는 네 집, 사철 녹색 페인트 냄새.
너는 오늘 양상추만 한 자루 사들고 공원에 앉아
책장 대신 뜯어먹고 있구나.

애야, 갈 곳 없는 공원 뒷길 이층 카페에서 만나자.
바삭거리는 밀웜과 양상추와 에픽테토스의 지팡이로
기우뚱 세월을 견뎌보자꾸나.
양상추만 바삭바삭 아삭거리며 시간을 재촉하지 않니?
우리 대화나 나눌까.

두번째 눈꺼풀*

찻주전자에서
뿜어져나오는 첫 수증기
겨울 창 가장자리
몇 겹의 안개처럼 물방울을 싸고 있는
겹쳐짐들
어떻게 말해야 할까
너무 섬세해서 첫 얼음 얼듯
살얼음 낀 일상을 내딛는 여자들
섬세함이 파르스름한 새벽 공기같이
창틀에 다가와 설 때
눈꺼풀들 떨린다
아리고 아픈 떨림들, 그녀들
어둠은 단단한 시선을 풀고
회랑 밖으로 스멀스멀
강과 우주…… 한, 강 그리고 한, 유, 주…… 우주의 거리
재들을 어떡하지
파들대는 저 섬세함을 어쩌지
파르라니 깎아놓은 민머리 여승들
가사 자락, 나비, 그리고 실잠자리들
수면은 이랑을 따라 파들파들
자디잔 시간을 따라 파르라니
새벽이 다가와 앉는데
어쩌지

저 두번째 눈꺼풀을 열고 누가 들어가
그녀들을 흔들어 깨우지
쟤들을 어떡하지

파들대는 저 섬세함을 어쩌나
겹쳐진 아픔들을, 두번째 눈꺼풀들을

* 우루시바라 유키의 만화 『충사』 속 대사에서 따옴.

여기가 어디인지 모르겠어

당신이
집이 어디인지
여기가 어딘지 모르겠어, 라고 했었지.
사랑은 발명되지 않았고*
길게 연장되었지.

습한 바람이 불고 길은 어둡고
사람들은 더위에도 집을 나오지 않았지.
늦은 시간이었어.
당신은 여기가 어딘지 모르겠네. 또
전화를 했지.
사랑은 발명되지 않았고
길게 연장되었지.

길과 길이 만나는 밤 2시에
길게 내뿜는 담배 연기를
따라갔었지. 당신이 아니었지.
놀란 늦은 시간
길게 공원 벤치에 누워
밤하늘만 보고 있는 당신을 찾기가
너무 힘들었지.

여기가 어딘지 모르겠어.

당신이 길을 잃을까봐
노심초사, 귀가 길어져 길 쪽으로
길게 더 길게
사랑은 계속 연장되었지.

* 한겨레 2016년 8월 13일 자 토요판, 신형철의 글에서 빌려옴.

숲을 불러와주세요

엎드린다 눈물이 떨어지지 않게 해야지
엎드린다 고양이 눈
늪지, 물웅덩이 보인다
애야 이곳은 서재, 수많은 잘린 나무의 비명이 새겨진 방
모두 물뿌리개를 가져오렴
이끼가 자라게
엎드린다 늪이 보이고 개울물 소리
멀다, 개양귀비 꽃잎이 떨어진다
보름달 뜬다

울지 않을게 이끼가 자라는 데 소금기가 얹히지 않게
물을 뿌려줄게

숲으로 가는 길은 멀기도 하지
이곳은 덥고 메마른 곳이구나
쑥부쟁이 민들레야
서재에 이끼부터 키워놓고 너희를 불러줄게
그래 우리 모두 시선을 돌려보자
생의 진창을 건너왔다고 말하지 말자
피비린내나는 삶이라 기록하지 않을게
물을 뿌려줄게

숲을 불러와주세요 숲을 불러와요 숲으로 가는 길은 멀

기도 하지
 우리 모두 서재에 물을 뿌리자

고양이와 폴란드 여행

코브라, 에드워드 호퍼 씨네 고양이와 폴란드 여행을 가기로 했다. 예정에 없는 일정이라 화를 내보지만 미룰 수 없는 여행이라고 의견이 모아졌다. 길가 간이 술집에서 모임을 가졌다. 라스푸틴과 보드카를 마시고, 없는 장소, 잠수, 비가 왔다.

융 박사가 눈을 비비며 지하 1층 문을 두드렸다. 우리는 그곳에 오래 숨어 지냈다. 삼각형의 의자들, 녹슨 청동거울이 벽 쪽에 붙어 있었다. 폴란드 가기 일정을 미룰 수 없었고, 고양이와 여행은 더욱 경험이 필요했다.

여행 가방을 예닐곱 개나 사서 숨구멍 뚫기 작업을 시작했다. 소음 총처럼 고양이 울음이 새어나오지 않게 구멍 뚫기란 쉽지 않았다. 가방을 겹쳐 넣었다. 숙소는 어디로 정하지, 날뛰는 짐승과 잠을 청할 곳은 폴란드 동물원밖에 더 있겠느냐고

비가 계속 왔다. 보드카, 둥둥 떠다니는 여행 가방들, 없는 영혼들, 어두운 거리 주점들, 에드워드 호퍼와 융 박사가 동행하지 않는 여행. 우리는 3개월째 여행 계획을 짜고 있었다.

여행 계획서들을 빨간 철제 서랍에 계속 챙겨두었다. 우

리는 떠날 준비를 했다. 얼어붙은 빗길 저쪽 골목에서 꼬리를 세우고 고양이 서너 마리가 다가왔다. 언제 떠날 거냐고 물었다. 우리는 폴란드 식기를 사고 빵을 구웠다.

호퍼 씨의 아내는 창밖 어두운 숲을 오래 내려다보고 있었다. 커튼을 열자 우그러진 창, 검은 바다와 흰 파도가 일렁였다. 어떤 방식으로 여행이 시작될지 아무도 알 수 없었다. 위층 아이들 뛰는 소리가 울렸을 뿐

우리는, 여행은, 폴란드로 고양이와 여행으로 변모해 있었고, 계획은 끝날 줄 모르고 여행 가방으로 이어졌다. 호퍼 씨 아내는 수첩을 꺼내들고 힘껏 울음을 누르고 있었다. 바다가 창 가까이 밀려들었다.

없는 지하 계단을 우리는, 내려갔다. 목이 긴 여자들이 줄지어 음식을 나르고 있었다. 그녀들, 코브라, 코브라였다. 거대한 여행 가방 사이로 지친 사람들의 철제 침대가 보였고, 곧 그들은 죽음을 맞을 듯했다. 여행 가방이 차벽처럼 놓여 내려가는 계단 앞을 가렸다.

우리는 여행 계획을 다시, 계속, 짜야만, 했다.

여행자들 가방

콘트라베이스, 목이 긴 여자
꽃무늬 옷 여자들, 저 지하 미로에서 하이힐 신고
음악을 나르고 있어요
공간이 분할되어 있어요
시간은 삭제되었더라구요
고양이 '야행'이 잠행을 했어요
아래쪽 3층 철이 어머니가 다친 철이를 안고
저쪽 건물을 건너 음악을 밟고 지나가고 있어요
노숙하던 은이네 아빠가 윗길 2층 화장실에서 나와요
기침이 심하네요
검은 머리 길고 예쁜 할머니가 천장을 걸어나가요
수박이 떨어져요 비닐하우스가 길 끝으로 날아갔나봐요
'야행'은 풀쩍 뛰어가 여행자 가방으로
숨어들었어요
지하 미로, 꽃의 세계, 네온 불빛
이 해골은 어느 책장에 꽂아둘까요?
꽃무늬 몸을 가진 여자들 접시를 들고
중앙 복도를 밀고 나오네요
극적이야!
'야행'에게 물어보자
접시들이 휘어져 뫼비우스 띠로 천장에 매달렸어요
입구가 안 보여요
어디로 나가죠?

룰루랄라 음악에 이 건물이 실렸나봐요
휘어진 길, 꼬인 길
어디 갔니? '야행'에게 물어보자
빨리 나와줘, 여행 가방 속에서 못 나오다니

추위를 못 견디는 너,
똬리를 틀고 어느 칸에서 자고 있니?

너에게 강을 빌려주었더니

1
옷이 없어요.
저는 옷이 없습니다.
춥지도 않아요.
무엇에 홀린 것도 아닙니다.
품안에 언제 살아날지도 모르는
아이가 있습니다. 붕대인지 얇은 모포인지
아이를 감싸고 있네요.
제가 낳은 것도 같고, 길에서 주운 아이 같기도 합니다.
숨은 붙어 있지만, 물을 게워내고
꽃잎이 떨어집니다.
저는 옷이 없습니다.
군용차에서 긴 손이 다가와 모포와 몸을 감쌀 수건을
주었어요.
길은 검고 희고
꽃나무는 번쩍입니다.
저는 옷도 없고
아이를 안고 집으로 돌아가야만 합니다.
길이 너무 어두워
어떻게 이 아이를 데려가야 할까요?
군용차들은 검은 길 위에
저는 벗은 나무인 채
아이를 안고 있습니다.

집으로 가는 길입니다.
집으로 가야 하는 길입니다.

집으로 가야 합니다.
저 피 토하는 아이를 안고 가야만 합니다.

저는 옷도 없어요.
강을 빌려주었더니 옷이 없다고?
저는 옷이 없답니다.
길이 너무 어두워
집으로 가는 길을 찾지 못했어요.
저는 옷도 없고
아이를 안고 집으로 가야만 합니다.

2

노인: 너의 벼랑 끝, 밭은 흐리고 검기만 하구나.

여자: 제가 가는 길을 이제 거둬가지 말아주세요.

노인: 빌려준 강을 경작하지 못하다니, 이 강이 어떤 밭인
　　　줄 알기나 하니?
　　　목탄과 물고기들을 제자리에 돌려놓도록 해라.

여자: 이 도시의 입구에 서 있던 죽어가는 고목에 쉼없이
　　　강물을 주었다니까요.
　　　그때 별안간 밭과 아이가 태어났습니다.

저는 옷이 없습니다.
　군용차에서 긴 손이 다가와 모포와 몸을 감쌀 수건을
　주었어요.
　길은 검고 희고
　꽃나무는 번쩍입니다.
여자: 이 문장은, 이 도시는, 매우 의심스러워요. 어디서
　본 듯한 아이죠?
　저는 옷도 없고
　아이를 안고 집으로 돌아가야만 합니다.
　길이 너무 어두워
노인: 강을 빌려주었더니, 네가 원한 건 복숭아였단 말
　이냐?
여자: 어떻게 이 아이를 데려가야 할까요?
　군용차들은 검은 길 위에
　저는 벗은 나무인 채
　아이를 안고 있습니다.
노인: 강을 빌려주었는데 네가 밭을 만들고, 아이를 낳
　았다고?
여자: 집으로 가는 길입니다.
　집으로 가야 하는 길입니다.
노인: 꽃 피지 않는 나무는 죽은 강이다. 네가 기른 아이
　들은 서역국의 과일이 아니라 내가 빌려준 물고기
　들이다.

여자: 오, 할아버지, 수십 년 동안 저를 살피지 않으셨잖
     아요.
     집으로 가야 합니다.
     저 피 토하는 아이들을 살려내야 합니다.
     저는 옷이 없어요.
노인: 강을 빌려주었더니 옷이 없다고?
     목탄을 불쏘시개로 너는 그 빛나는 상상 창고를 불
     태우지 않았느냐?
     저 길 밖으로 네가 떠나고 나는 외로웠다.
여자: 이 도시를 떠날 순 없어요. 제 아이들, 유리질로 변
     한 물고기들을 돌려주세요.
     저는 옷이 없답니다.
     길이 너무 어두워
     집으로 가는 길을 찾지 못했어요.
     저는 옷도 없고
     아이를 안고 집으로 꼭 가야만 합니다.

도꼬마리 꽃 예쁘네, 나를 부르시지만 않았다면

당신은 안개 궁륭 속에서 허기를 닭으로 채우고 계시네요. 주름을 자루째 지니고 이 낮은 산등성이, 이 언덕을, 몇천 년째나 지키고 계시네요. 도꼬마리 꽃 예쁘네, 라고 저를 부르셨죠? 길은 낯설고 입구도 출구도 없었어요. 끈적임들, 눅눅함들, 습기로 가득한 뜨거운 부엌 아궁이, 신발이 쩍쩍 들러붙어 발을 옮기기도 벅찬 이 어두운 핏길. 수십 켤레 신발을 지어왔어요.

오늘은 계미일, 나비떼 따라, 도꼬마리 열매 길을 따라 오게 되었어요. 보내주신 유리 화병 속 물고기떼는 프리지어 꽃 핀 샛강에 부려두었죠.

오는 길섶에 코브라 아씨들 앞치마를 두르고 꽃바구니 무겁게 안고 강을 건너고 있더라구요. 제발, 이제야 발이 싹처럼 돋고 있는 제 물고기들을 잡아먹지 말아달라고 도꼬마리 꽃을 따주었어요. 코브라 아씨들 다 자란 귀 몇 개가 필요하다네요. 어쩌죠?

도꼬마리 꽃 예쁘네, 저 깃털 무덤은 무엇을 덮어둔 거죠? 이 닭털로 쌓아둔 거름더미…… 오호라 보물 창고였네요. 자줏빛 끈적임들 붉고 둥근 알, 아니 해골들…… 안개 나무 숲 구름을 밀봉해서 독수리를 제집에 보내셨나요. 도꼬마리 꽃 예쁘네, 라고.

죄수의 전자 발찌, 벼랑 위에 중무장한 채 사슬에 묶여 있는 저 대머리독수리는 당신의 안내견인가요? 우리 아이들은 성년의 늪을 지나가고 있어요. 지난번 찾아왔을 때 이곳은 올 곳이 못 된다고 저를 벼랑 아래로 밀어버리지 그러셨어요. 또 도꼬마리 꽃 예쁘네, 라고 부르시다니.

맨발로 이곳의 신선한 해골을 가져가게 둔 당신, 새벽길 이슬길 피의 길, 돌아나오다 아이의 귀를 떨어뜨리고, 혀를 주워 담기에도 바빴지요. 새벽 푸른 하늘에 담아두었던 투명한 눈동자를 건져올리기에도 벅찼지요.

마을 입구 팽나무 한 그루가 아이를 덥석 안아주었기에 망정이지……, 나무가 아이를 기르지 않았다면, 뱀들과 한세상, 구름을 압축한 도롱뇽*과 한세상, 소쩍새들과 숲길 길섶에서 여유롭게 풀피리 불며 코브라 아씨들과 한세상, 만다라 모래 그림이나 그리며, 경전이나 읽으며

도꼬마리 꽃 참 예쁘네, 나를 부르시지만 않았다면.

* 데이비드 조지 해스컬, 『숲에서 우주를 보다』, 노승영 옮김, 에이도스, 2014, 70쪽.

어둠 속 장미

올리브나무 버터 칼을 사다.

빨간 허잡, 길과 바람과 물과 협곡의 무늬를 아로새긴 튀니지를 다녀왔었지. 어둠은 두껍게 비틀려 꼬인 채 여름의 끝에 피어 있었어. 마른 버터는 올리브나무숲 저 척박한 땅에 버리도록 하렴.

그 숲에서 큰 톱을 열고 허잡을 끌고 사막여우, 어둠 속 구불구불 외출중이야.

어둠을 한 자락 자르다.

두껍게 또는 얇게 구부러진 길.

폭탄 조끼를 피해 나선형 철제 계단을 올라가다 소방관 검은 옷을 잘못 껴입은 여우, 얇게 또는 두껍게 어둠을 한 겹 또 자르다.

먼 모래톱, 사막과 사막 동쪽과 서쪽의 끝, 백탑(白塔)과 안개 사이, 열하에서 하룻밤, 없는 길을 열고 사막여우, 18세기 박지원과 함께 올리브나무숲으로 되돌아오다.

두꺼운 어둠의 버터를 자르다.

어둠이 아무리 청동 무게일지라도 '통곡할 만한 자리'가 아니겠느냐, 여우야.

자른 어둠을 켜켜로 쌓아두자. 튀니지 여인들이여!

재스민 향기 위에 그 어둠을 다시 엎어보는 거지. 한 송이 장미가 부식된 버터 칼 옆, 올리브나무 안에 붉게 피어오르도록
　어둠을 한 겹 또 벗겨내보는 거지.

　검은 여름과 협곡과 해변의 겨울 사이
　장미와 통곡을 물고 오렴. 사막을 떠돌던 여우야, 사막여우야,
　어둠이 아무리 청동 무게일지라도 통곡할 만한 자리가 아니더냐. 재스민 향기 속에
　허잡 벗은 여인들과 함께
　우리, 어둠이 다 사라지게 크게 한번 더 크게 웃어보는 거지 뭐.

　튀니지산(産) 올리브나무 버터 칼을 사다.

쇼윈도

당신은 용의 골이나
사향고양이나 눈사람을 먹도록 해봐
낚시를 다녀올게

검은 무리 용병들이 군가를 부르고
숲길을 지나가네
어머니는 쇼윈도 앞에 아직 서 계시네

애야, 빨리 숨도록 해라
여긴 내가 있을게, 빨리빨리 숨으라니까

당신은 용의 골이나
사향고양이나 눈사람을 먹도록 해봐
그리고 시장이나 좀 다녀오지

깃털 아래
―아이 탄생하다

단순 타박상이군요, 이 깃털은 어디서 났죠? 으음, 그 숲
에서 잠깐 외출했군요
죽은 자의 여신, 다히흐아난*, 닭털 위에 주름 할미 오두
막 진흙 더미 오두막 위에 깃털들
깃털 아래 탄생을 기다리는 여리고 어린 무엇들

팔월 십구일, 손**을 다쳐 응급실에 가다 CT 속, 손가락
셋은 그나마 온전하다
커튼 젖히자 구름을 찢고 독수리 날아와 뒷산 흙더미 언
덕을 맴돌다 맴돌다 돌아가다
무수한 발자국, 핏자국
깃털 아래 탄생을 기다리는 여리고 어린 그 무엇들

눈이 내리고, 흙바람이 불어오다
손을 크게 다치고, 큰 사슬 뱀에게 몸이 묶인 채 영어(囹
圄) 생활에 들다
다히흐아난, 다히흐아난, 대머리독수리가 날마다 진흙 언
덕을 휘돌며 깃털을 뿌리고 돌아가다
깃털 아래 탄생을 기다리는 불그레한 그 무엇들

바람 불고 깃털이 날리고, 구름은 압축되다 정원의 새들
은 봄의 고요 속에 파묻히다 아홉 달하고도 십여 일
깃털 아래 탄생을 기다리는 여리고 어린 그 무엇들

당신은 길을 잃은 게 아니던가요? 그동안 그 오두막, 도대체 무슨 일이 일어난 거죠?

주름 할미 진흙 더미 언덕 아래 "감히, 여긴 왜 왔지?"

"여기가 어디라고!"

"곧 태어날 아이와 함께 외출을?"

"아홉 달하고도 십여 일을 기다렸어요……"

주름 할미, 불그레 눈물 아래, 사슬이 풀리고 뱀의 혀들이 깃털처럼 먼지처럼 날리다

진흙 더미 핏빛 언덕 아래 탄생을 알리는 여리고 어린 그 무엇들

다히흐아난, 다히흐아난 독수리, 창틀을 찢고 구름을 끌고 높이 날아오르다 남쪽으로부터 따스한 바람이 불어오다 커튼 부풀어오르다

한 아이가 언덕 아래로 깃털 묻은 몸을 털며, 첫 걸음을, 겨우, 한 걸음, 떼다

* '다히흐아난, 다히흐아난': 아일랜드 카운티캐리에 있는 한 쌍의 언덕으로 그곳의 민담에 의하면 사람들은 이 언덕을 여신의 젖가슴으로 보았다. '다히흐아난'은 '아나의 젖꼭지'로 아나는 아일랜드 지방 전설 속 죽음의 여신. 죽은 자의 수호신을 일컫는 말이다.(마리야 김부타스, 『여신의 언어』, 고혜경 옮김, 한겨레출판, 2016, 40쪽.)
** 여신의 손은 인간의 손이 아니라 새의 발이다.(같은 책, 244쪽.)

3부
그가 준 육포 조각으로 무엇을 할 수 있을 것인가

그때 문득 바람이 불기 시작해서

슬픔이 투명한 빛 또는 형광의 줄무늬 물고기 같은 것임을
문득 느꼈을 때 내 가슴지느러미는 다 상한 뒤인 것 같았다
잔혹한 사월이 끌고 가는 강은 검고도 붉다
우리는 생의 어디까지 밀려갈 것인가
꽃 없는 탁자를 지나서 한 잔의 무료한 커피 향을 지나서
억제된 채
가벼운 미소로만 머뭇거리며 어떤 슬픔의 옷깃이 문에 끼
인 채 움직이지 않는 맑은 날의 오후
문득 바람이 불고
애처로움이 냉이꽃 무더기로 피어나왔다 우리는 우리를
결코 잊어버릴 수는 없는 것인지
그때 문득 바람이 불고 그는 보다 인간적인 바다 생각을
했는지도 모른다
그래 또다시 바람이 불기 시작해서
그 또는 그녀는 보다 인간적인 바다를 떠올렸는지도

주유소 불빛

  어둠 속을 향해 달려들어가다 해가 지고 있다 저 대지의
채색 도판으로부터 이탈중이다 점액질도 기체도 아닌 것이
내 안팎으로 스며들며 존재하는 광대함 혹은 공허 또는 어
둠의 광장, 그 속으로 달려들어가는 기차

  스멀스멀 저 허구령의 외계, 부유하는 간헐적인 빛……
긴 어둠…… 달리는 기차…… 불빛…… 광채의 주유소……
텅 빈 도시는 미래의 광장인 듯하다

  기웃거리던 마지막 불꽃들이며…… 광기였던 나날이여
…… 안녕
  모든 움직임들을 싣고
  어둠 속을 향해 달려들어가는 기차 또는 물결들이여
  오…… 부유하는 도시들이여

  떠나는 자들을 위해
  벼랑 위에 홀로…… 저 광채의 주유소 빛나다

해변의 묘지

느닷없이 그때 숨이 막혀왔다 고요도 폭풍도 아닌 채 동백
이 한 잎 지고 붉은 바다가 피어올랐다 그때 어떤
낯설고 어두운 사내의 얼굴 위로 핏빛 노을이 비껴갔다
검붉은 혓바닥…… 어둠이 속을 얼핏
느닷없이 그때
쇠사슬과 자물통 그리고 깨어진 유리창
마른 포플러 나뭇잎들이 떨어졌다 빈 의자를 끌고 가는 해
변, 거친 바람이 불었다 오그라진 나뭇잎들 안으로 몇 점 하
늘이 고이다가 사라졌다 그때 느닷없이
작은 풀무치들이 찌르르르 가을을 소리 속에 가두고 있
었다

여직원 구함…… 당 기 세 요
글씨가 풀어지는 검은 눈물의 바다

비바람이 때리는 폭풍 카페의 문은 닫혀 있었다
바다가 엿보고 있었다 그래, 이 문장은 영화 〈솔라리
스〉 속의 지문에 불과하다 느닷없이 그래, 그때였다
분홍 하늘이 흔들어놓는 코스모스가 보였다
여리고 아픈 마음이 가닿는 해거름녘, 길 가장자리가 파
르르 떨렸다 코스모스 코스모스 파도가 해변의 묘지들을 거
칠게 쓸어안았다

폭풍의 바다
고요의 바다
아…… 저…… 바닷속 폭풍

어린아이 하나가 낯선 사내에게 끌려가고 있었다

섬세한 지층

폭우의 끝
미망인 듯 바다는 고요하다
물새떼 넓적한 잎사귀의 해초 사이로
퍼덕임을 묻는다
저 붉은 지층들과 각인된 꽃길들
풀꽃해변말미잘의 무리 아래로
아득한 바닷게들의 행렬이 지나간다
겹겹 길들
아…… 미망인 듯
고요를 흔드는 움직임들 손길들
저 불타는 지층을 덮고 지나가는
물결의 숨죽임들 위로
물새떼
한 떼의 끼루룩거림을 헤쳐나가는
수평선 위에
해당화 붉게 겹쳐
겹겹 바다 꽃이 핀다

잠든 말이 잠든 마음을 흔든다

꽃 피지 않는 말의 싹들이 망덕사 문 남쪽 아래서『삼국유
사』를 읽다 제상의 부인이 너부러져 망망대해 죽은 고기 서
너 마리 물위에 떠서 하루이틀 오, 시월이 저문다 물결 위
에 무거운 생을 펼쳐놓은 채 고열로 들뜬 아이들마저 저 눈
밭의 꽃 핀 나무 아래 길게 드러누워 있다『삼국유사』벌지
지 남쪽 모래밭
　울부짖고 싶다

　잠든 말이 잠든 마음을 흔든다 벌지지

　헐벗은 나무들이 떨고 있다 곧 추위가 닥칠 모양이다 망
덕사 문 남쪽으로 강한 모래바람이 인다 아이들은 어느새
꽃 핀 나무 아래서 눈사람을 만들고 있다 누군가 길고 낮게
우는 울음소리 들린다 저무는 시월『삼국유사』망덕사 박제
상의 부인 긴긴 모래밭 길게 드러누워 우는 울음 망망대해
　휘휘 잠든 마음을 흔든다

꽃피리떼

여섯 달 동안 비는 계속 내렸다

사바나의 우기 속으로 붉고 푸른 마음의 한 떼가 젖어든
다 저 너른 들판, 세계의 초원을 가로지르는 고요 너머 때
이른 굶주림으로 웅크린 수풀의 짐승들조차 적막 가까이 놓
여 있다

사바나의 우기 속 깊은 골짜기

쉼없는 비 아래쪽 저 아래쪽으로부터 적막을 뚫고 치솟
는 풀잎들

여리고 아프고 붉은 마음의 한 떼가

틀어올리는 대지는 한껏 불안정하게만 보인다

오래도록 사바나

범람하는 강물…… 도대체 몇 달 동안의 비인가…… 뒷
모습의 사람들이 돌아나가는 강변 풍경, 빛바랜 사진 몇 장
떠내려간다 둥둥 연등, 무너지는 산, 꺾이는 상사화, 녹스는
풍경의 물가 한 채의 오래된 절간 무너진다 붉고 푸른 마음
의 한 떼가 강물에 젖는 우기 속, 둥둥 연등 상사디야 물고
기떼 치솟는다 혼인 색을 띤 채 꽃피리떼 강물 붉은 세상 속
으로 솟구치며 떠밀린다

아흐…… 이 황토 세상은

탱화 붉은 물결

마음의 아픈 한 떼가 와르르 무너지며 솟구치는 세상의 풍
경 속에 떠오르는

오래된 초원의 사바나

　그렇다 마음은 사바나의 우기 끝쯤으로 밀려간 것이다 세
계가 몸을 틀기 시작하는 초원 가득 이슬 맺힌 풀잎들, 붉
고 푸른 마음의 한 떼가 멀리 수풀과 함께 일어서는 사바나
　낡은 탱화의 세상을 지나 정결해지기 시작하는 세상의 끄
트머리를 열고
　상사디야 치솟는 물고기떼

비나이다 비나이다
—거리의 아이들에게

꽃 피는 손
늙은 손
마른 나뭇가지 아녀자들의 손
참 오래된 일이지
양은 물통 들고 저 산꼭대기 낡은 집으로 들어가네
민무늬 납도리 기둥 안쪽 비나이다 비나이다
꽃 피는 손 늙은 손
손가락 가락가락 허공중에 피어올리며 맑은 샘을 퍼올리네
어미 마음 너희들은 아는지
마을을 빠져 달아나던 아이 하나
가던 길 어둔 길 멈추고
뒤를 돌아보네
비나이다 비나이다 비나이다
참 오래된 일이지
아녀자들 여자들 손끝으로 뻗어나온 길 밖으로
멀고먼 길 아이들 또 떠나가네
저 허허벌판 눈밭에 눈꽃이 피네
꽃이 피네
어미들 아녀자들 늙은 손 굽은 손 눈꽃이 피네
참 오래된 일이지 얘들아
눈물 꽃 피네
멀고먼 길 아이들 또 길 떠나가네
눈물 꽃 눈물 꽃들 아이들아 얘들아

참 오래된 일이지

물속 관에 가서 눕다

구름 속으로 피를 흘려보내듯
세상 나무들 꽃이 핀다
멀리서 간헐적으로
우. 렛. 소. 리. 들린다
바깥쪽으로 휘몰리며 말라들어가는 꽃잎
그 아래 정원은 황폐하게 펼쳐져 있다

1
오래된 풍경이다 그 광장에 일렬횡대로 서 있는 사람들……
남녀노소
한 여자아이가 뚫어질 듯 이쪽을 응시한다 저 어두운 눈
빛 너머 나팔꽃 진다
흑백 톤의 광장 그리고 오래된 낡은 건물
어떤 몰살의 경험을 공유한 사람들의 무표정 또는 공포가
일렬횡대로 서 있다

살얼음 끼는 꿈을 꾼다
내 방 창유리에 후드득 빗방울 소리
철재 덧문의 검은 흙먼지를 끌어안고 무너지는 빗줄기들
벌써 팔뚝에는 검버섯이다 멀리서 또는 가까이서 우. 렛.
소. 리.
계단을 내려오는 광장의 사람들
지하의 무수한 방은 물로 가득 채워져 있다

구름 속으로 피를 흘려보내듯 피는 꽃

광장의 사람들

구름 속 바깥쪽 멀리 나무들 서 있는 사람들 흘러가는 꽃들

......다

......들

......러져가는

거친 물결 흘러간다

그해 팔월 그리고 칠석

안개의 혀들이 몰려와 대웅전 뜰의 탱화를 다 핥아먹고
있었지
촛농은 뚝뚝 떨어지고 강물은 한없이 한도 없이 미끄러
웠지
누군가 그 누군가가 강물 속으로 강물 속으로 제 발을 빠
뜨리며 혼미하게 걸어들어갔단다
"애장왕 말년, 무자년(A.D. 808) 팔월 보름날에 눈이 왔
다"
그래, 그해 팔월에도 천지가 한없이 한도 없이 어두워졌
었지
그리고 삼월에도 오월에도 눈이
내리고 또 내리었다
그리고 아무도 그 누구도 그 언 강을 건너오지 않았단다
또 그해 팔월에 말이다
우리는 그리고 다시 만날 수 없었지

물의 말

　말이 없고 싸늘한 시간의 가장자리

　복사꽃 망울 터질 듯 터질 듯 눈물이다 왕은 오래 물속에
누워 있었으므로

　물의 말인 모래와 바위를 조금씩 토해내고 있었다

　왕*의 흰 수염 위로 갈매기떼가 낮선 바람의 노래를 부르
며 부르며 날아들 때 오래된 말은 섬을 이루거나 돌의 무덤
이 된다

　해변을 쓰다듬으며 왕은 오래된 탑을 바라보거나 눈물겨
움으로 출렁 출렁인다

　그러나 갈매기가 건져올리는 말은

　물고기이거나 복사꽃이거나

　그러하다

　* 동해 감포 앞바다에 지금도 신라 문무왕의 물속 무덤이 거친 파도
에 휩싸인 채 박피(剝皮)를 거듭하며 그렇게 무너져가고 있다.

꽃 피는 아이

해골의 산에 도착했을 때 그 노파는 시기와 질투로
말했다 없는 길을 헤치고 온 네년은 누구냐?
삼신할미
닭을 잡아 피를 뿌려놓은 가파른 산비탈 시즙 아래
해골이 기름지게 썩고 있었는데
그 산을 지키는 병사들은 갑옷을 입은 새들이었는데
철제 구두를 신고 쿵쿵 벼랑을 지키고 서 있었다
검고 희고 어둡고 붉은 날의 길 밖으로
계묘일 계묘시 피 묻은 깃털이 날리어 마른 풀잎 위로
흩어지고 흩어지고
닐리리 닐리리 흥건한 땀…… 산 아래 나무 아래
피 묻은 해골의 아이 하나 데리고 나왔을 때
적요의 마을 어귀 아름드리 늙은 나무 한 그루
부르르 몸을 떨고 서 있었네
나무 나무 목 타는 나무
복사꽃 폭발하듯 피어나서 나무 위에 눈사태 나무 아래
눈사태 불타는 산비탈 환하게 피어 붉디붉어
나무 아래 발가벗은 꽃 피는 아이 하나
첫울음 길게 울고 있었네

새장 속의 육포 조각

그러니까 내가 그 노인을 만난 것은
티베트 어디쯤도 아닌 마을의 시장통에서였다
어떤 광포함 또는 그늘이 찾아다니는 골목 또는
광장으로 이어진 길 위에서는 여전히 짐승을 잡듯 사람들
이 죽어나간다
내 옷자락을 잡은 것은 노인이 아니라 아마 그의 붉은 옷
이 나를 거머쥔 것일 게다
오랜 세월 바람에 깎인 듯한 얼굴을 드러내며 미소 짓는
노인이 내게 내민 것은 말린 육포 조각이었다
그 조각들을 비어 있는 새장 속에 던져두었다
나는 다만 개들을 기르고 싶었을 따름이다
그러나 내 집 개구멍으로는 털 빠진 오리 새끼나
병든 닭들이 드나든다
내가 떠나보낸 새들의 숲은 불탄 지 오래이다
노인은 오늘도 시장통에서 보기 드문 고기 포들을
널어 말리고 있다
온통 붉은 그의 옷은 해어지고 낡았으나
하나의 경전, 하나의 마른 육포 조각이다
나는 그가 준 육포 조각으로 무엇을 할 수 있을 것인가
세상의 광장에서는 아직도 비명 소리가 들리고
군인들이 박쥐처럼 날아다닌다

회색 뱀에 관한 추억

으흐흐흐 나무들이 춤을 추고 있다 화염 속이다 바람의 갈
까마귀떼가 난다 검은 숲으로 비 오다 장마는 길고 긴 훈향
을 산꼭대기로 밀어올리다 재의 산, 검은 고목의 둥치에 붉
고 현란한 헝겊 꽃을 달아두기 위해 산을 기어오르는 사람
들 또는 흰개미떼
　대지 위로 재와 연기 바람이 분다
　날개 잃은 새떼가 재처럼 흩어진다

　그는 오래 말이 없다
　그는 붕대를 만드는 공장에 다닌다
　오…… 날개 잃은 나뭇가지들아
　한번 날아보렴
　시장은 언제나 사람들로 붐비는구나
　나무야 날아보렴.

　으흐흐흐 나무야
　그는 날개 잃은 나뭇가지에 붕대를 감아올린다 시장은 늘
그렇다 사람들이다 그는 붕대 공장에 다닌다 그는 오래전에
추방되었다 그곳은 새들의 세상이었으므로, 노파가 그곳의
주인이었으므로, 누군가 오늘도 불을 지른다 으흐흐흐 나무
들이 춤을 춘다
　날개 잃은 어린 새떼가 재처럼 흩어진다 대지 위로 재와
연기의 바람이 분다

그는 느릿느릿 길게 온몸에 붕대를 감아올린다
그는 시장 갈 채비를 끝마친다

나비 또 나비

젖은 책을 햇빛 속에 널다 축사가 있는 마당에 낡은 컴퓨
터 한 대가 뒹굴고 있다 굶주린 닭들이 자판을 쪼아댄다 나
뭇가지들이 후들후들 떤다 축사 안쪽에서 누군가가 황소의
가죽을 벗기고 있다 마당에 널린 지하 도서관의 축축한 책
들, 갈피갈피마다 날지 못하는 새들의 발자국이 무수하다

그는 오래 말이 없다 황소 가죽을 벗기는 그의 손이 떨린
다 나뭇가지가 부드럽게 그의 축사를 반쯤 가려준다 그는
아마 섬세함을 잃은 것일 게다 축사 바깥으로 피가 짐승의
피가 번져나온다 다시 젖고 있는 책들

그가 들고 나오는 붕대조차 더욱 붉기만 하다 마당의 햇
볕 아래 반쯤 가죽이 벗겨진 황소가 나와 앉아 있다 그러나
문제는 바로 그 나뭇가지들이다 언젠가 그가 붕대를 감아준
나뭇가지들이지 날개 잃은 나뭇가지들이 쉼없이 가늘게 떨
고 있으니 말이야

그래 그래
조금만 조금만 더 기다려보자
황소야 무거운 황소야 저 나뭇가지 좀 보아
날개가 돋아나려나봐
붕대를 풀고 날아오르는 저 희고 흰 나비떼 좀 보렴
그래, 나비 또 나비야

그런데 말이지
그게 문제야 넌 아니?

4부

벌통으로 쓰일 책이었단 말이지

정밀의 책

햇빛은 늘 강하고 섬세하단다
세상이 바둑판처럼 정교할 수는 없다 나무와 나무와,
나무의 나뭇잎이, 나뭇잎의 그늘이, 얼룩무늬 고양이와
전쟁에 혈안이 되어 있는 짐승들을 끊임없이 토해내고 있
을 때
벗은 나무들과 바람을 제치며
그가 일생 동안 세공한 책은 인간의 눈으로 읽을 수 없는
작디작은 정밀의 책으로 만들어졌지

자신의 책만 읽는 붕붕붕
눈먼 몽상가인 그는
햇빛의 말을 오래 읽은 그는
이제 샘가에서 오래오래 서성인다
샘아, 샘아, 목이 마르다
내 책은 햇볕 속에 펼쳐져
녹아 흐르고 있다
붕붕붕 눈이 마르는구나
햇빛은 언제나 강하고 섬세하고 난폭한 게야
아— 아— 앞이 보이지 않는다
내 정밀의 책, 이제 읽을 수가 없구나
벌떼야, 이 책이 달콤하지 않았느냐
거꾸로 쓰인 책
너희들의 이름을 새겨보렴

아하, 그렇지
벌통으로 쓰일 책이었단 말이지

육포에 대하여

무릎에서 꽃이 피네
무릎에서 꽃 피네

이 집으로 오는 길은 늘 진흙길이군요
언제 이사를 가시나요?
강둑 쪽으로 이어진 길을 자전거를 끌고 우편배달부가 도
착한다
낯선 주소지를 찾아다니는 그녀는
내가 쓰지도 않은 전기세 독촉장을 문 앞에 던져놓고 돌
아간다
방에서 노래하던 새장은 이제 쓸모없는 물건처럼 뒹굴
고 있다
나는 중요한 물건들을 그 새장 바닥에 넣어두었다
인감도장이나 저축 통장 따위들 말이다
뜰에 놓인 신발은 깨끗하다
나는 길 밖으로 나간 적이 없다 간간이 강물이 내 집 언저
리를 할퀴며 돌아나갈 뿐이었다
연체된 고지서를 날라주는 우편배달부가 새처럼 집을 찾
아오곤 한다
새장 속에 쌓여가는 연체된 조각들을 보며 웃어본다
나는 그냥 살아 있기는 하다
필경 내 살점이라도 떼어서 팔아야 할 지경에 이른 듯하다
신단수 아래 곰처럼 무릎에서 꽃 필 날을 기다렸건만

우편배달부만 또 나를 찾아온다
강물 소리 오늘도 거칠다
빨래를 널어야겠다
그 노인이 육포 조각을 널어 말리듯

색채가 끝나는 시간, 모든 육체의 자리들이 상승한 다 그리고

시체가 산을 이룬 곳에서 우리는 겨우 흙냄새를 맡을 수 있을 뿐이다 그때야 아녀자들의 춤사위만 손끝에 남아 남아 서 이 세상은 그 춤사위 속에서 다시 꽃필 날을 기다리게 되 리라 신성한 빛들만 그녀들의 손끝에서 흘러나와 태초의 말 의 바다를 이루게 되리라

색채가 끝난 시간, 모든 육체들이 상승한 자리 위에 그 위 에 끝나지 않은 시간 위에

마음은 복사꽃밭 같아서

　그녀들 말의 향기로 저 복사꽃 핀 산자락이 색채가 끝난 시간들 또는 육체들이 상승한 자리 위에 얹힐 때, 인간의 마음은 분홍의 꽃밭 같아져서 말마저 잊고 향기로 가득 세상을 채우리라

　마음이 복사꽃밭 같아서
　하늘 아래 팔 벌려 마음은 꽃 피는 바다와 같이 출렁거려서
　한결같이 복사꽃, 사월의 복사꽃밭만 같아서
　향기로운 말들이 꽃 피는 날에

햇살이 참 따뜻하고 좋다고 중얼거리다가

하구언쯤 될까? 아득히 높은 그 위에 누워 작열하는 태양 아래 눈부셔하며 죽음에 대해 마지막 슬픈 노래를 불렀는데 아무도 기척이 없었다 여기가 어디일까? 사람이 살지 않는 세상? 오, 그러나, 누군가 미소를 보내주는 것만 같았는데…… 온통 노란 세상, 그래, 모래밭이었어. 모래밭

노랗게 삼각주를 드러낸 모래밭이 엷은 미소를 잠깐 보여주었던 것이지

그런데 누군가가 버린 슬리퍼가 내가 떨어트린 신발들로부터 불안하게 또는 환각 상태의 노란 풍경 속에서 어지럽다고 눈부시다고 중얼거리며 모래톱에 솟구치듯 가볍게 떠오르는 것이 보였어

햇살이 참 따스하다고 중얼거리다가 잠시 노란 모래밭을 보았는데

웬 신발들이 저렇게 많이 모래톱에 버려져 있을까? 사람들은 왜 움직임도 없이 풀린 시계 태엽처럼 멀리 또는 가까이 물안개로 떠 있는 거지? 온통 눈부시도록 색깔이 노래서 눈을 뜰 수가 없었는데

길고도 넓게 펼쳐진 저 강의 하구 모래밭에…… 노랗게…… 아직 살아 움직이는 게 있었지 조그마한 달랑게? 아니 아니지 작은 점박이 물고기? 아니면 망둥어였을까?

물줄기를 끌고 통통한 몸통을 드러내며 가까이 좀더 가까이 이쪽으로 길을 묻는 듯 다가오고 있었는데

아…… 곤한 낮잠의 개나리밭
그리운 바다

그 작은 생물체로 노란 모래밭이 일시에 쏠려들고 있었
지 아마
눈부심만 남아, 햇볕만 눈 가장자리에 남아, 환해서,
이게 뭐야? 아이가 묻는 소리 귓전에 끊어지고 있었는데
앞이 보이지 않았지 너무 밝고 노래서 눈을 뜰 수가 뜰 수
가 없었어
어항에서 튀어나온 물고기 한 마리의 그 작고 작은 몸통에
서 물기가 다 빠져나가는 길고도 짧은 사이
햇살이 참 따뜻해서 좋다고 중얼거리다가 노란 모래밭

아…… 곤한 낮잠의 개나리밭

고요 정원

또다른 공간
생의 뒤뜰
고요와 명징함들이 지키고 있는 어떤 환한 곳의 정결함들
그곳에의 현혹이 결국 나를 어떤 공백, 어떤 텅 빈 곳의 환
함으로 잇닿게 하는
생이 끌고 가는 가장 본래적인 힘인 고독에의 접근
피붙이처럼 따라다니는 그 무수한 공백들
고요들
저 빈 들녘의 아늑함들
오…… 그립고 지난한 것의 눈물겨움들이여
보고 싶은 마지막 몰골들이여
어떤 환하고 텅 빈 곳, 또다른 공간…… 저
생의 뒤뜰

바다는 쇠물닭을 몰고 온다

바다는 쇠물닭을 몰고 온다 그네들은 헤엄칠 생각이 없다 바다의 표면은 액체이기를 그만두었으므로, 금속의 바다 위로 미끄러져 들어가는 검은 유리의 차량들, 그 속의 영혼이 하얗게 바랜 사람들

쇠물닭들이 바다 위를 걸어나간다 바다는 깊이를 잃었다 오, 그러나 그 얕은 바다에 사람들은 쉼없이 목숨을 놓아버리는구나 오~호호호호 쇠물닭 웃다 바다 위로 시체들이 떠오른다 도대체 난파된 배조차 없구나 해일에 휩쓸린 고기떼만 뭍으로 밀려올라간 지 오래되었을 뿐

쇠물닭들이 뜯어놓은 육체들은 오래 부패를 거듭했으므로 먼지처럼 흩어진다 바다는 쇠물닭과 함께 오래 늙고 고독하리라
바다여, 시체들의 산이여
오래 고독하여라

바리데기

오래 꿈을 꾸었네 바람이 끝없이 핥아주던 대지의 촉촉한
입술을 흠모하던 바다가 멀미를 하네 뿌리는 어디에 두고
왔는가 그대, 우리는 오래 가근(假根)을 달고 대륙의 이쪽
끝과 저 끝으로 흘러갔다 돌아오곤 했네
　노래가 끝없이 부식해 낙엽처럼 덮이는 나라, 눈물을 조
금씩 달아주곤 하던 그대, 뿌리는 어디 두고 왔는가
　적막이 소리 없이 찾아와 그대를 흔드네
　들리는가, 그대 저 울음소리들, 적막이 들린 집집마다 농
짝들이 울고 있다네

가뭄

    너무나화려하고아픈   그리고투명한광채의누드전화
기속의전선과회로판처럼,   언어의옷을빌려입지못한상
징의들판
    선명하게드러나는마른물고기들의내장과뼈의회로,
물이지나간자리의잔해인유리질감의투명하고광채가나는
물고기들의들판,   그   들판오랜가뭄과홍수가겹쳐지
나간자리,   복사꽃밭죽은나뭇가지위로개흙밭뿌옇게뻘
밭,   뻘밭그리고또개흙밭위로죽은나무들의들판
    바람이늦봄의늙고성난바람이할퀴어놓은 저 들판의비닐
하우스속   어린나무나뭇가지들새순들   오,   나는
오랫동안쌀밥만먹었네
    홍수가지나가고   또   바람이지나가고흙바람이허옇
게일고   강의입이타고강의혀가말려들고꿀풀들풀약쑥개
쑥,   몇마리의두루미가접었다펼쳐놓은들판   사막
또사막사막
    유리질의마른물고기몇가마니
    두루미가물고가는검은강줄기

길

꽃 피는 봄날, 아낙이여 노래하세
슬픔을 털어버리세
당나귀들아, 들판을 두두두두두 맘껏 달려보아
슬픔이 멀리 달아나도록

어제는 청기와 일주문이 불타는 꿈을 꾸었다 물고기 비
늘 타는 냄새가 났다 산수유 길을 따라 아이들을 데리고 산
정(山頂)의 사원을 다녀온 뒤의 일이다 그 절간의 젊은 승
려들은 연꽃 미소 짓고 있었다 그래, 그건 때아닌 폭설이었
지 아니 소금밭이었다…… 누군가 중얼대는 소리가 멀리
서 들린다
　저 산정, 차마고도나 좀 다녀오는 게 어때? 그곳 푸른 물
고기나 좀 사오지
　불. 타. 는 일주문……
　뜰엔 복사꽃 만발인데, 마음은 검은 웃음, 개흙바닥, 늪의
문장, 희끗희끗, 연뿌리만, 보였다

　길게 눈을 감는다. 내 눈은 아…… 소금 우물
　우물물이 마르고 있다 고원의 어린 아낙네여, 그네들의
노동이여, 혼음과 먼지와 구불구불 미로와 썩은 까마귀 깃
털이 날리어 길을 덮는다. 청기와 일주문이 무너져내린다
몇 개의 이가 또 빠지다 짜디짠 소금물을 생각하다
　왜 이렇게 삶은 쓰기만 할까? 저 짠 우물물을 어떻게 날마

다…… 붕대가 없군요,

 아아 눈을 감으세요 아낙네여, 무너지는 빙하와 끝없는
폭설 위에 굶주린 들짐승 문장은 비틀비틀 저격수의 총구
앞에 국경을 넘는 티베트 난민이다

 통 잠이 올 것 같지 않은 밤이다 빙설의 산등성이에 몇 구
의 주검이 나뒹굴다 비틀비틀 바다는 조금씩 마을로 미끄러
져 들어오다 젊은 아낙네여, 고단한 일상이여, 그네들의 노
동이여, 오늘도 소금 물동이를 져서 나르고, 져 나르고, 고
원의 길목마다 복사꽃 봄은 오는데

 또 바람이 불고, 바람은 불고, 구불구불 차마고도 소금밭,
소금 물동이를 져 나르는 저 아낙네의 봄은, 우물물은, 왜
저리 내게 핏빛 문장으로만 보이는가
 붉은 소금 익어가는 텃밭, 바람은 부는데 아낙네여 붕대
가 없다네

 아아 눈을 감으세요 그대여, 눈밭의 불타는 일주문 보이
나요?
 붕대도 없는 길을 끝없이 끝도 없이 소금 물동이 지고 가
는 저 어린 아낙네여, 풀들이 쓰러지네요 뜰엔 복사꽃 만발
인데
 삐쩍 마른 당나귀마저 소금 자루 지고 길을 나서네요 노동

111

에 바스러진 아낙네의 소금밭을 지고 당나귀들 바다 쪽 마
을로 비틀비틀 구불구불 슬픔의 길을, 상인들의 길을 따라
나서네요 붕대도 없는 길을, 아아 눈을 감으세요 고원의 아
낙네여, 고원의 소금밭이여

　무너지는 빙하와 끝없는 폭설 위에 몇 개의 이가 또 빠지
다 청기와 일주문이 무수히 떨어져내리다 붕대도 없는 좁다
란 길을, 그 길을 당나귀들 비틀비틀 걸어나가다

단풍잎은 촛불처럼

　사람들은 하나둘 짐을 꾸려 국경을 넘고 있습니다 이용악
도 전라도 가시내도 북쪽 나라도 이 겨울밤에 울고 있군요
그녀의 술막인 유라시아 얼음 들판으로 태양이 집니다 언덕
과 벼랑과 계곡의 밤길이 바람의 마적떼에 몰려다닙니다 낯
선 벼랑과 소금 바다 익숙한 무덤, 얼굴을 묻고 가시내들 울
고 있습니다 그늘이 참 좋아요 자작나무숲 오 그런데 말이
지요 눈물 구름에 가린 그녀 안아주세요

　오…… 이 예쁜 가시내
　전라도 가시내, 무덤가에 사나흘 시간도 잊어버린 채 혼
자 노랗게 웃으며 잠들어 있어요 가을의 풀잎들이 그녀를
포근한 침낭처럼 감싸고 있네요 가시내, 전라도 가시내, 그
녀들 생존의 장소 위에 단풍잎은 촛불처럼 떨어집니다 이
용악 나무들 목을 꺾고 울고 있네요 유라시아 얼음 들판이
모래바람에 뒤덮이고 있습니다 그대 안녕하신지요 오늘도
떠도는 그녀
　구름에 가린 그녀, 단풍잎, 그대를 오래 기다립니다

불안의 서식지

그래요 그 마을에는 종이 줍는 창백한 키르케고르라는 사내가 살지요 새벽 피어오르는 안개 강변으로 가끔씩 부푼 시체들이 떠내려오구요 신혼의 젊은 아낙은 아파트 난간에서 뛰어내리지요

죽음이 두렵지 않으세요?

에피쿠로스의 아이들이 놀이터에서 뒹굽니다

개망초 풀밭으로 강가로 밀렵꾼들이, 개떼가 강둑으로 달려나가네요

멧돼지가 나타났네요 멧돼지가, 볼륨을 높이세요 예민해지세요 번개의 혀가 핥고 가는 들판 위로 모래바람이 불어요

혹여 이 마을 이름이 불안인가요?

폭우를 예감한 듯 연잎들이 하얗게 뒤집힙니다 밤을 차갑게 밝히는 차량들이 마을을 가로질러갑니다 적외선카메라 바깥으로 피 냄새가 번지네요

아스팔트에 몇 점의 가죽들이 남아 있어요

야수의 마을이야, 중얼중얼 관리들

시간을 놓쳤군요

몇 날의 폭우, 마을의 모든 길은 끊어집니다

또 시체들이 떠내려오네요 골치 아프군, 여긴 우리 구역이야, 안 되겠어, 관리들은 불안해지지요 책임지고 싶지가 않아요

이쪽에서 저쪽 강변으로 부푼 육체들을 그냥 밀어내지요 ⎯
그럼, 저쪽 강변이 그곳인가요?
천식을 앓는 늙은 키르케고르 살지요 안개의 궁륭 속에
불안 불안하게
그는 늘 그리고 키륵키륵 말없이 종이를 줍고 다닌답니다
시체들이 떠내려오네요
아파트 난간에서 누군가 또 뛰어내리네요

또 길을 잃다
—이연주 생각

늪의 문장과 들짐승 문장 사이로 난 좁다란 길을 정처 없이 걷다 그 길 끝에서 아직도 누군가가 핏빛으로 상처투성이로 나를 기다린다

생의 마지막 문장으로 된 시집을 그녀가 내게 보냈었다 죄의식이 하얗게 뿌리내리는 날들이 찾아온다 그녀의 이름을 잊지 못한다 침묵과 함께 백발이 된 시 구절들이 휘날린다 나는 자주 길을 잃는다 낯선 길, 그 가장자리로 계속 이동중이다 아마 그 길은 없었는지도 모른다 나는 늘 소파 속 그러나 그 길을 그녀는 마냥 걷고 있다 멀고먼 눈보라 폭풍 속을, 그녀가 그곳에서 기다린다 크고 서늘한 입맞춤으로 눈(目)의 여왕인 그녀가 나를 한없이 기. 다. 린. 다. 어떤 간곡함 또는 아리따움의 이름으로

상상 극장 인부였던 목탄의 시

44번째
느티나무였지요
생각의 느티나무
그 아래에 아이를 낳았다고 기록했지만
아무도 그 출생에 관심을 가지지 않았어요
그 아인 나무의 아이였군요
석탄 공장 또는 상상 극장 인부였나요
그러면
이게 생각의 불에 탄 목탄의 시가
아니면 시의 아이라도 될까요?
당신은 지금도 시를 생각이나
생각하기나 하나요?
불탄 A 목탄의 B
생각의 TTTT, 느티나무 생각
오래된 시 생각
아무도 찾아오지 않는
창고 극장 옆 느티나무였지요
생각의 느티나무
아무도 그 출생의 비밀에 관심을 갖지 않던
오래된 시 생각

견고한 숲

1
넌 누구지…… 왜 거기 서 있는 거니?
완벽함을 위해
마른 숲을 떠난 새라구요
조롱 속의 사자
집을 잃은 부엉이 어디로 갔을까
넌 왜 거기 서 있니?
곧 무더위와 추위가 함께 닥칠 텐데
피 묻은 무대 위에서 우리는
누굴 기다리지, 누굴 기다려야 할까
불빛의 폭우 속으로
내일도 아무도 오지도 않을 텐데
눈은 내리겠지만
네가 그 눈 속을 걸어 걸어서
돌아오겠지만
가로등 불빛 아래
벗어날 수 없는 시선 아래
시드는 너의 이름이 희끗, 혹여, 아흐
동동다리

2
쏟아지는 불빛
왜 거기 넌 서 있지?

느껴봤느냐고 견고한 숲을
그래…… 아니야, 그래…… 아니……
제발, 애야, 잠을 좀 자두렴
조롱 속의 세상 밖으로 달아나고픈
아이야
길 밖으로 길 안으로
겹겹 시간들, 휘어진 회랑들
부서져내리는 붉은 유리창들
희고 검은 날들을 지나
그늘 아래 쉬고 싶은 아이야
불빛은 싫어 불빛이 싫어
마지막 무대
견고한 날짜 위에 깃을 내리는
넌 누구니
애야, 호수가 얼어붙고 있구나
곧 추위가 닥칠 텐데
애야, 그래…… 아니다
이제 잠 좀 자두려무나
아흐 동동다리, 찬바람이 부는구나
아이야

우수

늦은 밤기차를 타고 비 오는 도시를 지나가다

철로와 길들이 검은 비닐로 코팅되는 중이다

(지나친 번들거림들)

가로등도 우수에 차 한껏 부풀고 있다

허공중에, 슬픔 속에

외부 세계를 차단할 듯이

늦은 귀가 차량의 긴 행렬, 그들의 눈마저도 붉다

누구를 위해 저 기다림조차 그토록 슬픔에 차 있는 걸까

늦은 밤 텅 빈 기차 비 오는 도시를 지나가다

[겨울 정원]

　회백색의푸르고견고하고분홍을휘발시킨듯너의색조는뇌경색을앓던계절의표정이다
　오래백일몽을꾸다가자각몽겹겹길에서꿈인듯부서진발을빠트리다겨울이오고
　그대에게보낼짧은편지는찢어뜰에묻었다구근을몇뿌리심고녹슨부삽끝에묻어나오던흐려진안부인사위에
　흙을뿌리고침묵의바크를덮었다
　우리의모든만남은제한되어있었다

　추위를견딜구근위에왕겨를뿌렸다
　습기조차잃었던정원은그러나지난겨우내내얼어붙어있었다

　알줄기를 파는 알브레히트 호호(Albrecht Hoch) 베를린 지점은 1893년 문을 열었는데*
　그 무렵 베르그송은 근본적인 무력함**에 빠져 있었다
　그녀의 정원 장미, 노발리스는 언 채로 시들어갔다 그러나 아름다웠다 영하 12도에도 꽃가지 하나를 밀어냈다

　근본적인무력함에기대보려어깨를밀어넣었다책의옆구리에서이끼와전경수초쿠바펄이묻어나왔다
　수초가자라오르는유리볼을바라보며어떤무력함의침묵속에서우리는조금씩지쳐가고있었다
　회랑에길게줄을서는일이잦아졌다

형이상학책을덮고베르그송을덮고여윈나뭇가지가보이는
이면도로창가에오래앉아있었다
　　습한추위였다모두외출은금지당했다서재문을닫고책위에
흰천을덮어두었다눈이전혀오지않는겨울이지나가고있었다

　　사프란과튤립과콜치쿰과알리움, 사랑과죽음과무지와맹
목이무력함의정원에첫스노드롭꽃대를밀어올렸다
　　〔겨울정원〕에흰종소리가울렸다

* 한병철, 『땅의 예찬-정원으로의 여행』, 안인희 옮김, 김영사, 2018,
50쪽.
** 1896년 37세의 베르그송은 『물질과 기억』을 출간함. 앙리 베르그
송, 『물질과 기억』, 박종원 옮김, 아카넷, 2013, 242쪽.

해설

주체 없는 생성으로서의 시학

노태맹(시인)

1. '이것은 재현/표상하는 시가 아니다'

화가 마그리트는 파이프를 그린 그림 밑에 '이것은 파이프가 아니다'라는 문장을 써넣음으로써 사물의 이미지를 실제 파이프로 생각하는 사고에 비판을 가한다. 푸코는 마그리트에 대한 「이것은 파이프가 아니다」라는 글에서 이것을, 자신이 『말과 사물』에서 다룬 바 있는 재현/표상(representation)의 근대적 에피스테메(인식)로부터 벗어난 새로운 에피스테메로 설명한다. 근대적 재현/표상하기란 곧 분류하기이고, 그 분류된 것들을 질서 지워진 체계와 사실적 의미로 우리 눈앞에 세워놓는 것을 말한다. 근대 이후 우리에게 시는 세계를 재현/표상하는 작업이었고, 지금도 우리는 시를 풍경이나 정서를 재현/표상하는 것으로 이해한다.

나는 정화진의 시들에 덧붙여진 이 글의 시작을 '이것은 시(詩)가 아니다'라는 말로 시작하려고 했었다. 시를 시 아니라고 말하는 것은 이 시집을 조롱하기 위한 것이 아니다. (곧 설명하겠지만) 시인 스스로 '사물의 재현/표상을 부정'하였듯이 나도 나의 글쓰기 대상인 이 시들을 기존의 방식으로 재현/표상하지 않을 것이기 때문이었다. 물론 그렇게 하는 또다른 이유는, 우리가 정화진의 시에 접근하기가 어렵기 때문이기도 하다. 그러나 시에 접근하기 어렵다는 것이 시/시인의 잘못이거나 독자의 무지 때문이라고 할 수 없

다면, 우리는 또다른 오솔길을 찾아 나설 필요가 있고, 나는
오솔길을 위한 새로운 시도를 해볼 참이다.

그래서 나는 지금 이 시집을 해설하는 것이 아니라 이해하
려고 한다. 야스퍼스는 정신의학적 증상에 접근하는 방법으
로 이해(understanding)와 설명(explanation)을 구분 지었
다. 이해는 행위자의 내면에서 즉 그 사람의 입장에서 바라
보는 방식이고, 설명은 외부 관찰자적인 입장을 취하는 것
이다. 설명하는 외부 관찰자는 어떤 틀과 구조를 관찰 대상
에 요구하고 윽박지르기 쉽다. 그러나 정화진의 시들은 시
적 발화하는 주체를 지워버리고, 관찰되고 표현되는 대상도
낯선 공간 속에 낯설게 배치해놓는다. 여기서 설명은 불가
능하고, 읽는 우리 스스로가 주체가 되고 사물이 되어서 시
를 이해하는 도리밖에 없다.

우선 이 이야기부터 하는 것이 좋겠다. 정화진 시인은
1986년『세계의 문학』으로 등단한 이후, 1990년『장마는 아
이들을 눈뜨게 하고』, 1994년『고요한 동백을 품은 바다가
있다』두 권의 시집을 냈다(두 권 모두 2007년 민음사에서
개정판이 나왔다). 그러니까『끝없는 폭설 위에 몇 개의 이
가 또 빠지다』는 28년 만에 나오는 세번째 시집인 것이다.
이 긴 공백에 대한 이유는 생략하도록 하자. 다만 그 오랜
기간 동안 시인이 어떤 세계관으로 굴절되었는지 (드문드문
문예지에 발표되는 한두 편의 시만으로는) 알 수가 없었으
므로, 시집으로 묶일 시들을 읽은 나는 당혹스러웠다. 이 시

집을 처음 읽는 독자들도 나와 같으리라 생각된다. 그 당혹
은 앞서 이야기했듯이, 우리가 시를 읽을 때 늘 시의 이미지
나 사물들이 어떤 이야기를 숨기고 있으리라고, 혹은 재현/
표상한다고 생각하는 경향이 있기 때문인지 모른다.

"도대체 시인께서는 무슨 이야기를 하고 계시는 건가요?"
같은 뻔뻔스럽고 황당한 질문을 시인을 직접 만나 던지고야
말았다. 뻔뻔스럽고 황당한 질문이라는 것은, 텍스트가 저
자의 생각을 전달하는 매개라거나, 혹은 재현/표상하는 것
이라는 낡은 생각을 내가 하고 있었기 때문이다. 그러나 그
것이 낡은 생각이어도 필요하다면 우회하는 것도 하나의 방
법. 독자들의 이해를 위해 저자의 말을 가상 인터뷰 형식으
로 전달할 것이다. 물론 인터뷰의 내용은 순전히 내가 창작
한 것이다. 인터뷰어도 필자이고 인터뷰이도 필자이다. 하
지만 인터뷰 도중 등장하는 사상가들은 모두 정화진 시인
이 언급하고, 읽고 있고, 관심을 가지고 있는 인물들이다.

완성된 시는 이제 시인의 것이 아니다. 시인이 '이런 의도
를 가지고 썼다'라고 말해도 시는 시인의 의도를 따라가지
않는다. 말들은 시인의 의도와 이미지를 늘 배반한다. 그러
니 이 짧은 인터뷰 모두를 시 읽기 혹은 정화진 시의 길잡이
로 믿지는 말기를 당부한다.

2. 가상 인터뷰

2-1. 주체의 소멸과 존재에 대한 탐구

시인의 시들에 접근하는 것이 쉽지가 않습니다. 바로 핵심을 묻겠습니다. 시인이 그동안 관심을 가진 것들, 시를 통해 시인이 말하고 싶은 것은 무엇입니까?

요즘의 제 시의 근간이 되는 것을 말하자면…… 주체의 무너짐과 사물의 생성…… 그러한 것들에 관여하는, 혹은 관여할 수 있는 시적 태도…… 그리고 객체와의 거리 유지를 통해 주체성을 어떻게 희석시킬까 하는…… 사유의 흔적이랄까요, 뭐 그런 것들이라고 대략적으로 말할 수 있지 않을까 싶네요. 말하려니 저도 좀 애매하네요.

제 귀에 들어오는 핵심 단어는 주체 혹은 주체의 소멸, 대상, 사물, 객체 등등인 것 같습니다.

다르게 이야기하자면, 많이 생각하고 읽은 것들의 핵심 단어는 '존재', 혹은 '존재함'이라고 할 수도 있겠습니다. 이렇게도 말할 수 있겠네요. 존재의 침묵, 존재의 되새김, 존재의 공중부양 등등으로 말이죠.

이야기를 들으면서 알랭 바디우의 다음과 같은 말을 떠올렸습니다. "랭보가 '주체적인 시'에 야유를 퍼부을 때 또는 말라르메가 시란 주체로서의 작가가 부재할 때만 일어난다고 밝힐 때, 그들은 시가 진술하는 것이 대상성에도 속하지 않고 주체성에도 속하지 않는 한에서 시의 진리가 도래한다고 이해하는 것이다."*

　시인의 시에도 주체로서의 '나'가, 혹은 '나'의 진술이 거의 나타나지 않고, 대신 수많은 '너' '그대' '그녀'가 등장합니다. '나'는 아주 간혹 나타나고 '나'의 주관적 진술도 거의 나타나지 않습니다.

　　넌 왜 기웃대니?
　　멍든 눈자위를 하고
　　붉은 입술을 달고 가면을 쓴 채
　　왜 울고 있니? 미래야
　　　　—「너는 길이 어두워 꽃을 보지 못했구나」 부분

　　들판과 풀밭과 산맥을
　　건너왔나요?
　　그대 발을 잃었나요?
　　울지 말아요.
　　그대에게 강의 노래를 들려드릴게요.
　　　　　　　—「그대, 울지 말아요」 부분

　　그대여, 우리는 어디까지 왔는가? 정원에 날카로운 새
　　떼의 비명

　　　　　　　—「벗나무 아래」 부분

───────

* 알랭 바디우, 『철학을 위한 선언』, 서용순 옮김, 길, 2010, 107쪽.

이 밖에도 수많은 '너' '그대' '그녀'가 등장합니다. 그리고 이들은 하나같이 고통 속에 있고 울고 있습니다. 시인에게 '너'와 '그대'는 누구 혹은 무엇인가요?

제가 좋아하는 철학자인 미셸 세르는 『헤르메스』라는 책에서 다음과 같이 말하고 있어요. "우리는 세계로부터 배제되어 있다. 우리는 텍스트, 낱말, 문장, 언어, 구어, 문어, 사어, 요컨대 주체의 대상 속에 갇혀 있다. 우리는 억압적이고 의심스러운 문화, 이데올로기, 관습의 정치 장소에서 소송의 권리를 상실한 상태이다."* 우리 모두 배제되고, 갇혀 있고, 권리를 상실한 상태에 있다는 말에 저는 공감합니다. 그래서 그의 말처럼 재현의 철학, 압력 단체들이 행사하는 힘의 철학, 말, 차단벽, 환각 효과의 감옥에서 벗어나 밖으로 나가야 한다고 생각합니다.

시집을 처음 열었을 때 "넌 왜 기웃대니?" 같은 독백체의 말들이 꽤 낯설었습니다. 이런 표현들은 여러 곳에서 나타납니다.

독백……이기는 하죠. 하지만 저는 누군가와 이야기하고 있습니다.

올바른 인용인지는 모르겠지만, 이런 표현을 보면서 언어학자 에밀 뱅베니스트의 말이 떠올랐습니다. 그는 독백은 마음의 언어로 이루어지는 '화자로서의 나'와 '청자로서의 나' 사이의 내면화된 대화라고 말합니다.

---

* 미셸 세르, 『헤르메스』, 이규현 옮김, 민음사, 2009, 234쪽.

화자만 말하는 것 같지만 청자로서의 나도 항상 함께함으로써 나의 발화 행위를 유의미하게 만든다고 그가 말했던 것 같습니다. 시인께서도 이러한 독백을 통해 자기 자신과 관계하고 세상과도 관계하는 전략을 세우신 건가요?

전략을 세운 건 아니고요. (웃음) ······무의식적인 전략일 수는 있겠죠.

처음 글을 쓰면서 저는 푸코던가요 아니면 블랑쇼던가요, 아무튼 그가 말한 '바깥의 사유'라는 말을 빌려 시인의 시들을 '바깥의 시'라고 규정 내리면 어떨까 생각했습니다. 주체 바깥의 사물들의 눈을 통해 나와 세상을 바라보려는 시 말입니다. 이 문제 제기는 차차 완성해보겠습니다.

2-2. 에코페미니즘

시인의 시를 어떤 '주의(主義)'로 규정짓는 것은 적절치 않지만 이해를 위해 시인의 시를 에코페미니즘적인 것으로 생각해보았습니다. 가령 다음과 같은 시들입니다.

　　　노인: 꽃 피지 않는 나무는 죽은 강이다. 네가 기른 아
　　　　　　이들은 서역국의 과일이 아니라 내가 빌려준 물
　　　　　　고기들이다.
　　　여자: 오, 할아버지, 수십 년 동안 저를 살피지 않으셨
　　　　　　잖아요.
　　　　　　집으로 가야 합니다.

저 피 토하는 아이들을 살려내야 합니다.
　　저는 옷이 없어요.
노인: 강을 빌려주었더니 옷이 없다고?
　　목탄을 불쏘시개로 너는 그 빛나는 상상 창고를
　　불태우지 않았느냐?
　　저 길 밖으로 네가 떠나고 나는 외로웠다.
여자: 이 도시를 떠날 순 없어요. 제 아이들, 유리질로
　　변한 물고기들을 돌려주세요.
　　저는 옷이 없답니다.
　　길이 너무 어두워
　　집으로 가는 길을 찾지 못했어요.
　　저는 옷도 없고
　　아이들을 안고 집으로 꼭 가야만 합니다.
　　　　　　　　　—「너에게 강을 빌려주었더니」 부분

　삐쩍 마른 당나귀마저 소금 자루 지고 길을 나서네요.
노동에 바스러진 아낙네의 소금밭을 지고 당나귀들 바다
쪽 마을로 비틀비틀 구불구불 슬픔의 길을, 상인들의 길
을 따라나서네요 붕대도 없는 길을, 아아 눈을 감으세요
고원의 아낙네여, 고원의 소금밭이여
　무너지는 빙하와 끝없는 폭설 위에 몇 개의 이가 또 빠
지다 청기와 일주문이 무수히 떨어져내리다 붕대도 없는
좁다란 길을, 그 길을 당나귀들 비틀비틀 걸어나가다

—「길」 부분

고난받는 여성과 피폐한 자연과 사회의 모습들이 보입니다.

물론 여성으로서의 삶과 자연은 저의 중요한 주제입니다. 그것은 회복되어야 할 그 무엇입니다. '그 무엇'이라고 제가 표현한 것은 이미 존재했었던 그것으로 돌아간다는 것이 아니라 '생성'으로서 새롭게 만들어져야 하기 때문입니다.

어딘가에서 화이트헤드는 이렇게 말한 적이 있습니다. "생성은 연속적이고 보편적인 흐름이 아니다. 생성은 각각 한정된 결정적이고 유한한 것, 서로 간에 구별되는 계기들이 이루는 다수성이다."* 생성은 구불구불하거나 단절되어 있고 우발적이기도 한 것이겠죠. 저는 이 모든 것이 간단하게 그려질 수는 없다고 생각합니다. 다만 저는 여성과 자연에서 그 생성의 힘을 가져옵니다. 그런 의미에서 저의 시를 에코페미니즘적이라고 불러도 부정할 생각은 없습니다.

2-3. 이미지

시집에 많은 이미지들이 사용되고 있습니다. 수직과 벼랑의 이미지(여기에 대해 잠깐만 이야기하자면, 규범이라는 말의 라틴어인 norma는 직

* 스티븐 샤비로, 『사물들의 우주—사변적 실재론과 화이트헤드』, 안호성 옮김, 갈무리, 2021, 21쪽에서 재인용.

각, 수직이라는 뜻의 normalis라는 말에서 왔다고 합니다. 정상적이고 규범적인 것은 수직과 벼랑의 이미지를 내포하고 있다는 뜻이겠지요. 역설적이죠. 시인의 시들에서 보여주는 이미지가 아닐까 생각합니다), 고체 바다의 이미지, 바늘의 이미지 등등이 생각납니다. 붕대도 있군요. 시 두세 편에서 붕대 이미지가 나오는데, 붕대는 어떤 의미인가요? 시를 인용해보겠습니다.

> 그는 날개 잃은 나뭇가지에 붕대를 감아올린다 시장은 늘 그렇다 사람들이다 그는 붕대 공장에 다닌다 그는 오래전에 추방되었다 그곳은 새들의 세상이었으므로, 노파가 그곳의 주인이었으므로, 누군가 오늘도 불을 지른다 으흐흐흐 나무들이 춤을 춘다
> 날개 잃은 어린 새떼가 재처럼 흩어진다 대지 위로 재와 연기의 바람이 분다
> 그는 느릿느릿 길게 온몸에 붕대를 감아올린다
> 그는 시장 갈 채비를 끝마친다
> —「회색 뱀에 관한 추억」부분

> 그가 들고 나오는 붕대조차 더욱 붉기만 하다 마당의 햇볕 아래 반쯤 가죽이 벗겨진 황소가 나와 앉아 있다 그러나 문제는 바로 그 나뭇가지들이다 언젠가 그가 붕대를 감아준 나뭇가지들이지 날개 잃은 나뭇가지들이 쉼없이 가늘게 떨고 있으니 말이야

그래 그래
조금만 조금만 더 기다려보자
황소야 무거운 황소야 저 나뭇가지 좀 보아
날개가 돋아나려나봐
붕대를 풀고 날아오르는 저 희고 흰 나비떼 좀 보렴
그래, 나비 또 나비야
그런데 말이지
그게 문제야 넌 아니?

　　　　　　　　　　　　—「나비 또 나비」 부분

　붕대는 치유의 의미를 가지는 것이라고 생각하시겠죠? 물론 그러한 의미를 가지고 있습니다. 우리를 감싸면서 더 높은 곳으로 데려가는 번데기 같은…… 그런데 제일 마지막에 "그게 문제야 넌 아니?"라고 하면서 붕대의 그 이미지를 붕괴시켜버리거든요?
　우리가 항상 조심해야 할 것은, 앞서 화이트헤드의 말처럼 생성은 연속적이고 보편적인 흐름이 아니라 불연속적이고 우발적인 거라는 점입니다. 이미지의 발생과 그 과정도 마찬가지여야 한다고 생각해요. 나비가 붕대를 풀고 나오는 그 순간은 해방의 순간이 아니라 또다른 고난의 시작이 아닐까요? 그걸 잊어버리면 갓 태어난 나비는 불행할 겁니다.
　시에 나타난 이미지에 대해 이야기해볼까 합니다.

여기에 맞는 인용이 생각났습니다. 발터 벤야민은 「역사 개념에 대하여」라는 글에서 이렇게 말했어요. "과거의 진정한 이미지는 휙 지나간다. 과거는 인식 가능한 순간에 인식되지 않으면 영영 다시 볼 수 없게 사라지는 섬광 같은 이미지로서만 붙잡을 수 있다."* 나비가 붕대를 벗어버리는, 붕대 너머의 지평만을 생각했기 때문에 문제인 것이겠죠. 벤야민이 진보 개념을 비판하는 것과 같은 의미겠죠. 아무튼 벤야민은 이미지를 '과거의 모든 지평을 돌파하는 하나의 불덩이'로 표현했었죠. 이미지는 우레와 같은 것 아닐까요? 물론 제가 그 단계까지 갔다고 생각하지는 않고요.

저는 시인의 시들이 어떤 공간을 구축하고 있다는 생각이 들었습니다. 가끔은 니체의 차라투스트라 공간이 연상되기도 했습니다.

베르그송은 이미지를 선별하는 것은 공간화하는 것이고, 공간은 우리가 시간적 세계를 제어하기 위해 집어넣는 틀이라고 했습니다. 저는 아직 완전히 성공하지는 못했지만 그 공간을 창조하고 싶습니다.

무엇이 시인을 자꾸 그곳으로 몰아가고 있는 것일까요?

베르그송이나 하이데거처럼 말한다면 삶에 대한 '염려' 같은 것 아닐까요?

---

* 발터 벤야민, 「역사의 개념에 대하여」, 『역사의 개념에 대하여 외』, 최성만 옮김, 길, 2008, 333쪽.

2-4. 존재의 말

좀 가벼운 질문을 해보겠습니다. 이것을 의성어로 불러야 될지 모르겠지만, 시에 이런 표현들이 가끔 나타납니다.

으흐흐흐 나무들이 춤을 추고 있다.
—「회색 뱀에 관한 추억」 부분

붕붕붕 눈이 마르는구나
—「정밀의 책」 부분

오~호호호호 쇠물닭 웃다
—「바다는 쇠물닭을 몰고 온다」 부분

오호호호, 오오호호 호호, 쇠물닭 웃음소리 들린다.
—「섬세한 입들에서 폭언이 장마처럼 우거질 때」 부분

흔히들 쓰는 표현 같기는 하지만 조금은 다른, 이 "으흐흐흐" "오호호호" 같은 표현을 어떻게 이해하면 되죠?

(웃음) 이건 순전히 저 스스로의 재미를 위한 거라고 할까요? 그래도 굳이 의미를 붙여보자면, 앞서 언급한 『헤르메스』의 다음과 같은 문장을 인용해볼 수 있을 겁니다. "바다에서 들려오는 아우성과 헐떡임은 말을 지우는 근본적인

담론이다. 존재가 자기에게 행하는 담론이다. 존재와 존재
가 서로 육체 관계를 맺을 때 나는 무력해져 문자 그대로 회
로 바깥에 있다. 그리고 바람은 파도, 선회, 돌풍, 물살로 바
다 위에 글을 쓴다."*

어쩌면 매우 주관적인 상념일 수 있겠지만, 나는 나무에
게서, 눈에서, 쇠물닭에게서 그 소리를 듣습니다. 실제로 듣
는 소리가 아닐 수도 있습니다. 그러나 내가 상상하거나, 그
이름을 부를 때 나는 그 소리를 듣습니다. 그들은, 그 존재
는 그 소리를 가지고 있습니다.

가벼운 질문이라고 했지만 이를 통해 대상, 사물, 존재에 대한 여러 물
음을 던져볼 수 있을 것 같습니다. 다만 시간 제약상 더 나아가지는 못할
것 같습니다. 요즘 시를 위해 많은 책들을 보고 계신 것 같네요?

요즘 관심을 가지고 보는 철학자들은 화이트헤드와 베르
그송을 잇는, 흔히들 사변적 실재론자 혹은 신유물론자라고
부르는 그레이엄 하먼, 브뤼노 라투르, 퀑탱 메이야수 등등
입니다. 기술철학이라고 해야 하나? 개체화 이론으로 유명
한 시몽동도 있군요. 시 쓰는 데 도움이 되는 '접근'일 뿐입
니다. 늘 관심이 가는 분야는, 여전히 이해하고 있지 못하지
만, 양자역학이나 우주론 같은 것인데 이것도 많은 공부가
필요한 부분입니다.

---

* 미셸 세르, 같은 책, 226쪽.

2-5. 육포

마지막으로, 이것은 꼭 물어보고 싶었는데, 두 편의 시에 나오는 '육포'는 무슨 의미인가요? 이 두 편의 시는 한 이야기의 다른 장면처럼 보입니다.

  그러니까 내가 그 노인을 만난 것은
  티베트 어디쯤도 아닌 마을의 시장통에서였다.
  어떤 광포함 또는 그늘이 찾아다니는 골목 또는
  광장으로 이어진 길 위에서는 여전히 짐승을 잡듯 사람들이 죽어나간다
  내 옷자락을 잡은 것은 노인이 아니라 아마 그의 붉은 옷이 나를 거머쥔 것일 게다
  오랜 세월 바람에 깎인 듯한 얼굴을 드러내며 미소 짓는
  노인이 내게 내민 것은 말린 육포 조각이었다
  (……)
  노인은 오늘도 시장통에서 보기 드문 고기 포들을
  널어 말리고 있다
  온통 붉은 그의 옷은 해어지고 낡았으나
  하나의 경전, 하나의 마른 육포 조각이다
  나는 그가 준 육포 조각으로 무엇을 할 수 있을 것인가
  세상의 광장에서는 아직도 비명 소리가 들리고
  군인들이 박쥐처럼 날아다닌다

138

새장 속에 쌓여가는 연체된 조각들을 보며 웃어본다
나는 그냥 살아 있기는 하다
필경 내 살점이라도 떼어서 팔아야 할 지경에 이른 듯
하다
신단수 아래 곰처럼 무릎에서 꽃 필 날을 기다렸건만
우편배달부만 또 나를 찾아온다
강물 소리 오늘도 거칠다
빨래를 널어야겠다
그 노인이 육포 조각을 널어 말리듯

　　　　　　　　　　—「육포에 대하여」 부분

　첫번째 인용한 시는 내용이 어느 정도 명확합니다. 혼돈과 고통의 세상을 표현하고 있습니다. 그럼에도 육포의 의미는 이해할 수 없습니다. 두번째 시는 시의 내용부터 이해하기가 쉽지 않습니다. 빨래=육포가 겹치면서 의문이 두 배로 증폭됩니다. 그런데 저는 두번째 시의 "연체된 고지서를 날라주는", 그러나 잘못된 주소지로 날라주는 우편배달부에서, 데리다에 대해 잘 알지는 못하지만, 데리다의 '우편엽서'가 떠올랐습니다. 그렇게 읽어도 되는가요?
　저도 데리다에 대해서는 잘 알지 못합니다. 다만 그의 이야기를 지나가면서 들었을지도 모릅니다. 기억이 맞는다면 데리다는 기원도 없고, 발신자도 없고, 수신자도 없는, 다만 우체통에 넣어져 우편배달부에 의해 끊임없이 전달되고 순환하는 동일성에 대해 비판하는 것 같습니다. 데리다의 이미지가 저에게 무의식적으로 왔을지도 모르죠.

저는 육포를 이렇게 이해했습니다. 육포는 죽은 존재, 즉 과거로부터 유래하는 것입니다. 그런데 베르그송이 말한 것처럼 과거가 이미지가 되는 순간 그 이미지는 하나의 현재적 상태가 됩니다. 과거이지만 현재와 미래에 참여하는 것이죠. 그래서 저는 이렇게 생각했습니다. 육포의 기원은 과거 몽고군의 전통으로부터 온 것이라고 하는데, 육포는 원정을 떠나는 원나라 군인들의 손쉬운 전투식량이었던 것입니다. 다시 말해 육포는 과거의 죽은 존재이지만 이제는 어딘가로 떠나는, 떠나야 하는, 들뢰즈처럼 말하자면 유목민인 노마드들의 양식이 아니냐는 것입니다. 우리 모두 육포를 준비하고 어디론가 떠나자고 하는…… 어떻습니까?

그 해석에 무척 뿌듯하셨나봅니다.(웃음)

사실 그렇습니다. 빨래도 어딘가로 떠나기 위한 준비로 생각해도 될 것 같았습니다.

시의 의미는 끊임없이 유동적인 것 아니겠습니까? 미끄러운 물고기처럼 본인의 시조차 본인이 붙들지 못하지 않습니까? 그래서 저는 여기까지만 답변하겠습니다.

3. 마무리—겨울 정원

이렇게 이야기해도 된다면, 이 시집의 정화진의 시들은

놀랍고 새롭다. 낯설지만 뭔가 모를 새로운 것들이 나타날 ⌐
여명의 시처럼 느껴진다. 나는 마지막으로 시 한 편을 소개
할 것이다. 이 시는 긴 침묵 끝에 나타난 시인의 현재 모습
처럼 느껴진다.

　회백색의푸르고견고하고분홍을휘발시킨듯너의색조는
뇌경색을앓던계절의표정이다
　오래백일몽을꾸다가자각몽겹겹길에서꿈인듯부서진발
을빠트리다겨울이오고
　그대에게보낼짧은편지는찢어뜰에묻었다구근을몇뿌리
심고녹슨부삽끝에묻어나오던흐려진안부인사위에
　흙을뿌리고침묵의바크를덮었다
　우리의모든만남은제한되어있었다

　추위를견딜구근위에왕겨를뿌렸다
　습기조차잃었던정원은그러나지난겨우내내얼어붙어있
었다

　알줄기를 파는 알브레히트 호흐(Albrecht Hoch) 베를
린 지점은 1893년 문을 열었는데
　그 무렵 베르그송은 근본적인 무력함에 빠져 있었다
　그녀의 정원 장미, 노발리스는 언 채로 시들어갔다 그
러나 아름다웠다 영하 12도에도 꽃가지 하나를 밀어냈다

근본적인무력함에기대보려어깨를밀어넣었다책의옆구
리에서이끼와전경수초쿠바펄이묻어나왔다
　수초가자라오르는유리볼을바라보며어떤무력함의침묵
속에서우리는조금씩지쳐가고있었다
　회랑에길게줄을서는일이잦아졌다
　형이상학책을덮고베르그송을덮고여윈나뭇가지가보이
는이면도로창가에오래앉아있었다
　습한추위였다모두외출은금지당했다서재문을닫고책위
에흰천을덮어두었다눈이전혀오지않는겨울이지나가고있
었다

　사프란과튤립과콜치쿰과알리움,사랑과죽음과무지와맹
목이무력함의정원에첫스노드롭꽃대를밀어올렸다
　〔겨울정원〕에흰종소리가울렸다

—「〔겨울 정원〕」 전문

'겨울 정원'은 앞뒤의 〔문〕이 가로막힌 「〔겨울 정원〕」이
다. 회백색이거나 모든 빛깔이 휘발된 무채색의 정원이다.
폐쇄된 그곳에서는 꿈조차 앞으로 나아가지 못하고 그 진흙
펄에 '부서진' 발이 빠진다. 소통은 차단당하고, 침묵 속에
서 다만 잘 지내라는 안부 인사만을 속으로 되뇔 뿐이다. 모

든 것이 얼어붙은 겨울의 정원이다.

그 겨울 정원에서 시인이 하는 일은 구근식물을 사서 정원에 심고, '생명의 약동'을 이야기하는 철학자 베르그송을 역설적으로 무기력하게 읽는 일이다. 영하 12도에 노발리스 장미가 꽃가지 하나를 밀어내는 것이 시인에게 위로가 되는 일일까? "오소소, 파르라니"(「간이의자」) 자란 쿠바펄 수초를 바라보는 것은 그저 무력감일 따름이다. 차례에 밀려 어디론가 가서는, 멍하니 창밖 마른 나뭇가지만 바라보고 있다. 책은 희망이 되지 않기에 흰 천으로 덮었다.

샤프란, 튤립, 콜치쿰과 알리움이 아름답게 피던 정원은 사랑이었지만 죽음이었고 맹목이었다. 그것을 깨닫지 못한 것은 우리의 무지였다. 그런데 어느 날, 그 무력함의 정원에 스노드롭이 종 모양의 흰 꽃을 피운다. 에덴의 정원에서 쫓겨난 아담과 이브의 절망 위로 내리던 흰 눈, 그 눈을 변화시켜 희망의 봄을 보여주려 했던 천사의 꽃, 스노드롭. 시인은 그 흰 꽃으로 「[겨울 정원]」의 앞뒤 문을 열어젖히고, 희망의 흰 종소리를 울리고 싶어한다……

이 시를 산문으로 옮기면 이렇게 읽을 수 있을 것이다. 수년간 코로나19 팬데믹을 겪은 우리의 일상을 표현한 것으로 말이다. 내가 아는 한, 이 시는 이 시집에서 가장 최근에 쓰인 것이기 때문에 그렇다.

그러나 나는 이 시를 시인이 긴 시간 동안 침묵했던 날들을 마무리하는 작품으로 생각한다. 공백이 길었기에, 그렇

지만 그 공백을 스스로 단련하고 있었기에 이제 시인은 새
로운 모습으로 우리에게 나타날 것이다. 이 시집은 '흰 종소
리'이다. 그러나 다음에 나올 새로운 시집은 샤프란과 튤립
과 콜치쿰과 알리움이 아름답게 피는 사실의 정원, 이미지
의 정원이 될 것임을 나는 의심하지 않는다.

정화진 1959년 경북 상주에서 태어났다. 1986년『세계의 문학』을 통해 등단했다. 시집으로『장마는 아이들을 눈뜨게 하고』『고요한 동백을 품은 바다가 있다』가 있다.

문학동네시인선 178
끝없는 폭설 위에 몇 개의 이가 또 빠지다
ⓒ 정화진 2022

초판 인쇄 2022년 8월 8일
초판 발행 2022년 8월 18일

지은이 | 정화진
책임편집 | 강윤정
편집 | 유성원 김동휘
디자인 | 수류산방(樹流山房)
본문 디자인 | 유현아
마케팅 | 정민호 이숙재 박치우 한민아 이민경 박지영 안남영 김수현 정경주
브랜딩 | 함유지 함근아 김희숙 박민재 박진희 정승민
제작 | 강신은 김동욱 임현식
제작처 | 영신사

펴낸곳 | (주)문학동네
펴낸이 | 김소영
출판등록 | 1993년 10월 22일 제2003-000045호
주소 | 10881 경기도 파주시 회동길 210
전자우편 | editor@munhak.com
대표전화 | 031) 955-8888 팩스 | 031) 955-8855
문의전화 | 031) 955-3578(마케팅), 031) 955-2678(편집)
문학동네카페 | http://cafe.naver.com/mhdn
인스타그램 | @munhakdongne 트위터 | @munhakdongne
북클럽문학동네 | http://bookclubmunhak.com

ISBN 978-89-546-8793-5 03810

www.munhak.com

문학동네